JN044511

美しい調和

槢崎秀子

編集工房ノア

『美しい調和――有料老人ホームの生活』　目次

Ⅱ　趣味に生かされて

装画　岡　芙三子
装幀　森本　良成

美しい調和

——有料老人ホームの生活

序

野元　正

楢崎秀子氏の六冊目の随筆集『美しい調和――有料老人ホームの生活』上梓は、快挙です。五冊目の随筆集『八十路の初詣』の「あとがき」には、〈五年後に、また次の一冊をまとめることができるかどうかはわかりませんが、その方向で努めていくつもりです。〉と記されています。

ほぼ五年が経ちました。米寿を越え、卒寿の賀の祝いも間近な氏は、その目標を見事に達成したのです。その精進はすごいと思います。

日頃、楢崎氏の作品を月一回は拝読していますが、そのずば抜けた好奇心、探究心、観察力、洞察力などがますます研ぎ澄まされただけでなく、それに最近、慈愛の思いが深まったように思います。

今まさに、令和元年。

この随筆集は楢崎氏が平成元年、決意して有料老人ホームに入居し、ここを終の住処と選んで生活してきた日々を見事に切り取っています。書や卓球や情報誌の編集、またコーラスや絵手紙などの趣味に情熱を傾け、小さな旅を楽しみ、かけがえのない人たちとの決別を憂い悲しみながらも、人生を強く生きる思いが綴られています。その意味でこの随筆集は氏の「有料老人ホーム」での暮らし——「平成」三十年間の人生史でもあるのです。

また、表題『美しい調和』には「平成」三十年間を礎《いしずえ》に、本文「令和に乾杯！」にも書かれているように、「令和」の統一英訳 Beautiful harmony の意味する新しい世の到来を期待する思いがこめられていると思います。この随筆集には、新しい世を生きるすべやヒントが満載されていると思うからです。

『八十路の初詣』にも書きましたが、氏は〈熱きおもいをうちに秘めた英知の人〉です。この随筆集の作品創造に際しては、真理を真摯に探求するだけでなく、さらに多様な視点や柔軟なやさしさが加味されたように思えてならないのです。

人生は百年時代です。陰陽五行説からいえば、氏の年齢は「玄冬期」に区分されるのかもしれませんが、実際は今、「白秋期」に入ったばかりではないでしょうか。玄冬期までまだ時間があります。円熟期を迎えるのはこれからです。

七冊目の「永遠の白秋期」随筆集の上梓を願ってやみません。

I　とっておきの思い出話

故郷は遠きにありて思うもの

毎年十二月上旬に開かれる、レインボーハイツのコーラス部員による〈虹のコンサート〉が近づいてきた。今年は酉年にちなんで、『鳥の歌』『カナリヤ』『とんび』『浜千鳥』など、主に鳥に関連した歌を十数曲歌う予定だ。

しかし先生がアンコール用に選んだのは、鳥とは関係のない『ふるさと』という曲だ。「うさぎ追いし、かの山……」というアレではない。小山薫堂作詞、youth case作曲、桜田直子編曲の同声二部合唱『ふるさと』*だ。

私としては初めて聞くかなり長い曲だが、練習を重ねるにつれ、そのメロディと歌詞の魅力に取りつかれてしまった。そしてそれは、どうやら私の〈ふるさとコンプレックス〉のためと思われる。

♪ひたむきに時を重ね　思いを紡ぐ人たち
一人一人の笑顔が　いま　僕のそばに
巡り合いたい人が　そこにいる
優しさ広げて　待っている
山も風も海の色も　一番素直になれる場所

故郷から離れて住む青年が、あるいはちょっとつまずいて、故郷をしのぶ歌であろう。登場するのはすべて善意の人々だ。

辞書で〈ふるさと〉を引けば、まずは例外なく〈自分の生まれ育った土地〉と出ている。それなら、私にはふるさとはない。生まれた土地も、育った土地も、結婚前の本籍地もみな違うし、育った土地も二、三年ずつ細切れに六カ所にもなる。だから、

「お国はどちらですか？」

という問いほど困るものはない。——海外なら「フロム　ジャパン」で済むのだけれ

ど。

♪支え合いたい人が　そこにいる
　明日を信じて　歩いてる
　花も星も虹の橋も　すべては心の中にある
　生きることで感じる　幸せを
　いつまでも　大切にしたい

と歌は続いている。少し真面目で奇麗すぎる感はあるものの、それはそれで歌う者、聞く者を元気づけるから、私は大好きだ。

厳密な意味での故郷ではないけれども、私も県単位でなら、就学前から小学生時代の十年間は福井県に住んだので、それなりの懐かしさはある。また高等女学校二年から大学卒業までの九年間は埼玉県で暮らし、貴重な友だちに恵まれた。結婚後の二十九年間は香川県内の四カ所に住み、人生の様々な経験をしたが、うち寡婦になってからの十三年間の高松でのマンション暮らしが、一カ所に一番長く住んだ記録であった。

ところがその後移り住んだ兵庫県のこの有料老人ホーム・レインボーハイツでの生活が、もう二十八年をはるかに越えている。適度に居心地がよくて満足しているけれど、まさか老人ホームが故郷というのはおかしいではないか。

だからはっきりした故郷を持つ人は羨ましく、私のコンプレックスになっている。けれども人の歴史は変えられないのだし、今では、これまでに住んだ土地のすべてが私の故郷だという気がしている。それは関東、北陸、近畿、四国、九州にある。

それに〈故郷は遠きにありて思うもの〉というではないか。それぞれの土地での良い思い出をさらに昇華させて、今後の生活の彩りにしたいと思う。

もう一つ、――こんなことを言うと若い人は嫌がるに違いないのだが――父母、兄、友人の待つ黄泉《よみ》の国もまた故郷ではないかと思うようになった。まだ『オールド・ブラック・ジョー』の境地には遠いけれども、その節には良いみやげ話をたくさん持って行けるよう、今後の貴重な人生を送ってゆきたい。

（二〇一七・一二・二）

＊「嵐」が第六十二回紅白歌合戦で歌った曲と後で知る。

熟年コンサート——四国より愛をこめて（一）

「やっぱり、プロは違いますなぁ！」

総務のギター小父さんことMさんが、あれこれ会場の準備をしながら感に堪えないという面持ちで私にささやく。会場のロビーではいまK君が、午後二時からのコンサートに向けてその声の調子を整えているところだ。

コンサートの仕掛け人の私は、もうここまで来れば大丈夫と半ばホッとしながらも、何か手落ちはないかと、どうも落ち着かない。

今日香川県からはるばるレインボーハイツに来てくれた七人のうち五人は、昭和四十三年に高松第一高校を卒業してからもずっと音楽の道を歩んできた人たちだ。高校時代に私がこのクラスの学級担任をしていて、平成に入ってからは五年目ごとに高松で開かれる学年同窓会に、私も出向いて行って親睦を深めてきた。そして昨年のお盆の同窓会のとき、私の住む老人ホームに歌いに来てくれるように再三頼んで、今日それが実現の運びになった、というわけだ。

正二時に事務部の女性主任が開会を宣言、次いで私がこのコンサート開催の経緯を話してから、司会のR子さんにマイクを渡す。

「みなさーん、こんにちはー。私たち、今朝八時半に高松を発って、総勢七人で、マイクロバスでやって来ました。……でもね、私たち、もう年金をもらってるんですよ。同じ仲間じゃないですか」

音大ピアノ科出身で、NPO法人香川ファミリーコンサートを考える会の理事長など務めるR子さんは、さすがに司会がうまい。それから次々に出演者を紹介してゆく。

まずはK君。いやK君などと気安く呼んではいけないのかもしれない。国内で某芸術大学の声楽科を卒業後イタリアにも留学、現在は徳島の某大学音楽学部教授なのだから。

その奥さんのY子さん。音大声楽科出身で、香川県内で養護学校畑で長く勤め、最近退職。

M子さん。同じ音大声楽科出身で、香川県内の高校で教鞭をとり、最近退職。A子さん。この方はまだ現役の高校教師で、K君が自分のピアニストとして同伴した。K子さんとそのご主人。K子さんも同じクラスで音楽畑の人だが今回は応援団として来訪。このご夫婦は亡夫と私が仲人をした唯一のカップルなのだ。

さて歌は、赤いドレスのY子さんのソプラノから始まった。イタリア語で『おお春よ』、それから日本古謡の『さくらさくら』だ。これ以上はありえないと思われるほどの高いソプラノの声なのに、崩れず、ボリュームもあり、それなりの手振りも自然で楽しい。それからA子さんのピアノ独奏はモーツァルトの『トルコ行進曲』だった。日本モーツァルトコンクールに入選経験もある方だけに、さすがと思われたが、ピアノが電子ピアノで、なんとも申しわけない限りであった。

コンサートの当初から、私は聴衆の拍手がとても温かいことに気づいていた。その前に聴衆の数のことだが、このような出演者が五人もはるばる来てくれるので、私は外部のコーラス関係の友だちにも少し声を掛けていた。事務局でもこのホームのPRとして何人かの客を招いていたようで、私は本命である入居者のための席がなくなるのではと心配だった。しかし食堂から臨時に椅子を運び込んでなんとか間に合ったようだ。その七十名にもおよぶ聴衆が、実にタイミングよく、きちんと拍手をしてくれる。それは正にその人たちの気持ちを表しているのだ。

それからバリトンのK君が『初恋』『出船』『待ちぼうけ』などを歌い、コンサートは佳境に入ってゆく。

（二〇一五・四・一）

熟年コンサート——四国より愛をこめて（二）

聴衆はK君の朗々たるバリトンの声に、魅了されている様子だ。『出船』を聴きながら、昔、父が藤原義江の歌うこの歌が好きで、よくまねて歌っていたのを思い出した。またK君は『待ちぼうけ』の最後の部分を、

♪さぁむい北風　ハックショーン！　ハ、木の根っこ

と、いかにも寒そうに締めくくり、拍手喝采だった。『赤鬼と青鬼のタンゴ』もリズミカルで、踊り出したくなるほど楽しかった。

K君は、「私も六十五歳になりまして、本番では歌詞を覚えてるかどうか、言葉をと

ばさないかどうか、心配になります。学生には偉そうに言ってるんですが……。しかし皆さんの笑顔に支えられてなんとか終わることができました。ありがとう……」と挨拶する。

次に司会のR子さんが、ピアノを楽しんで聴くコツや自分のピアノ教室の話をし、自らはモーツァルトの『ロンド』と、ショパンの『ワルツ』を披露してくれた。

やがて「ぜひ入れて」とこちらから注文しておいた〈みんなで歌いましょう〉の時間となる。曲目は『冬の夜』『どこかで春が』『ふるさと』の三つだ。

しかしその前に、R子さん、Y子さんが音頭をとって、全員揃って伸びをしたり「ヨッホー」と大声を出したりして体をほぐす。それは本当に皆が釣られるような気持ちのよい大声で、Y子さんは養護学校に勤めていた頃もこの元気で、貴重な存在だったに違いない。〈みんなで歌いましょう〉のときも、聴衆と伴奏のK君以外のメンバーは全員が立ち上がり、誘い込むような仕草をしながら大きな声で一緒に歌う。これは圧巻だった。

♪どこかで雲雀が　啼いている　どこかで芽の出る　音がする　……

後半では、青いドレスの楚々としたM子さんが『愛の讃歌』とヘンデルの『涙の流れるままに』という歌を、説明付きで歌い上げた。ソプラノだ。二度目のA子さんのピアノは、『トロイメライ』、またY子さんのソプラノは、彼女の十八番《おはこ》である『(オペラ夕鶴より)あたしの大事な与ひょう』であった。

締めくくりはK君のバリトンで、『千の風になって』と『帰れソレントへ』。適度に知られている歌で、いい選択だったと思う。

コンサートの間じゅう、期待に満ちた緊張感と、聴衆の温かい拍手と笑顔があった。終了後、この七名の来訪者と、園長、事務長、私、それにマイクロバスの運転士も一緒に、茶話会を開いたが、入居者のなかにも「皆さんに」とわざわざ茶菓子を届けに来たり、とてもよかったと感想を伝えに来てくれる人もいた。そして私は何もかもうまくいった、と、まずはホッとしたのだった。

晩の八時ごろ、Y子さんから電話が入った。

「今日はありがとう、みんな喜んでました。帰りのマイクロバスは修学旅行みたいで楽しかったです。……また呼んでください」

などと、上機嫌だった。

それを聞きながら私は、こんなこともあるのかと、何か不思議な気がした。一般に、あるイベントが成功したら、その陰には必ず人知れぬ苦労が潜んでいると漠然と思っていたからだ。しかしこのコンサートでは、聴衆は大喜びだったし、事務局は何がしかのお礼は渡していたが、それを差し引いてもハイツのＰＲになることをとても喜んでいた。さらに出演者たちがこれほど喜んでくれている。

とすると、仕掛け人の私こそ一番のしあわせ者なのだと、しみじみ思ったことであった。

（二〇一五・四・二八）

二つの記念

今年は私にとって、二つのことで記念すべき年になる。

まずは阪神淡路大震災から二十年目ということで、その年の貴重な体験が思い出される。自分の震災体験ではなく、それに関係した仕事のことだ。

大学の同窓会の兵庫県支部長を私が引き継ぐと決まっていた段階であの大震災が起き、数カ月は支部総会も開けなかった。その間にご自身も被災者である支部長や、役員数名、それに私も加わって、約二百五十名の会員の罹災状況調べや、全国数支部からの見舞金の使い方の相談をした。

誰言うとなく、見舞金は罹災者に全部分けてしまわずに、一部はこの震災記録の文集を作るのに使おうということになった。

翌一九九六年二月にできあがった『災禍を超えて――阪神淡路大震災の記録』（編集工房ノア）に挟んであったそのときのメモによると、その年は七月中旬にようやく支部総会を開いた。そこで私は支部長を引継ぎ、震災記録の執筆を皆さんに呼びかけ、欠席者には支部だよりで依頼し、原稿締切りを九月末日とした。

心配なのは、被害のひどかった人は書くどころではなく、また軽かった人はひどかった人に遠慮して、書いてくれないのではないかということだった。しかし八月初めから九月にかけて、原稿は予想以上に集まる。なかには俳句や短歌、また日記形式で書いてくれる人もいた。執筆者は四十六名にのぼった。

十月に三回編集会議をし、その三回目に出版社に原稿を渡した。初校を執筆者にも送って見てもらい、三校まで取って一月下旬にできあがる。

県内はもとより全国の支部長を通してあらかじめ広く注文を取っておき、数名が出版社に出向いて、発送を手伝った。千五百部作り、後でさらに五百部追加したと思う。

この本は好評で、その年、大学の卒業式の学長訓話で、感動した本の一冊として紹介されたそうだ。そして兵庫県民になってまだ六年目だった私は、この仕事を通して、良い友人をたくさん得たのだった。

記念すべきことの二つ目は、『山なみ』がこの七月に百号を迎えるということだ。『山なみ』とは私の住む有料老人ホーム・レインボーハイツの情報誌で、B5判、八ページ、三カ月ごとの季刊になっている。

この冊子の発行者は事務局だが、編集はいっさい入居者である私にまかされている。こんな経緯からだった。

一九九〇年の夏、その四年前にオープンしたレインボーハイツはほぼ満室となっていて、それまで外部に発注して作っていたPRを兼ねた情報誌はすでに廃刊していた。

「しかし百七十名もの方が一緒に暮らすのですから、何かこの中での情報誌があっていいとは思いますが、職員にはとてもできません」

と、園長は、新しい情報誌を私にやらないかと言う。大して自信もないのにそれを引き受けたのは、その春九十二歳の母を見送り、私が完全に自由の身となっていたこと、また、やはりこの種の仕事が好きだったからだ。

創刊号はその年の十月で、愛称も〈そよ風〉〈緑陰〉〈山なみ〉から選ばれて『山なみ』と決まり、一、四、七月と号を重ねていった。

あれから二十五年、当初は思考錯誤の連続で苦労もあったが、今ではいい思い出となった。

「『山なみ』百号のお祝いをどんな形でしましょうか」

先日事務局からこんな相談があった。秋の〈趣味の作品展〉で、入居者が絵、写真、手芸、書を発表するように、『山なみ』にはできるだけ多くの方の投稿を、私は期待している。そして編集は皆さんの協力を得て、もうしばらく続けようと思っている。


（二〇一五・一・九）

『山なみ』百号記念展

「『山なみ』百号のお祝いをどんな形でしましょうか」

事務局からこんな相談があったとき、また一仕事だな、と思った。けれどもいつも私一人で編集しているレインボーハイツの情報誌『山なみ』を顕彰してもらえるのは、うれしいことだ。

しかし、B5判・八ページの小冊子のことだから、バックナンバーを全部展示しても地味なものだ。文字よりも写真——それも拡大したきれいな写真なら興味を引くに違いない。

この仕事の担当になった事務部の女性主任Fさんとも相談し、写真と冊子を関連づけて、ホビールームで一週間展示することになる。

まず七つの長テーブルを白布で覆って周囲に配置する。Fさんが『山なみ』を十号ずつ綴じて十冊にまとめ、写真を取捨選択して拡大などする間に、私は〈『山なみ』のできるまで〉という展示の準備をする。

一、文字の原稿①の準備

二、写真及びカットの原稿②の準備

三、原稿の分量と誌面のスペースを勘案しながら、束見本《つかみほん》*③を作る

四、①②③に行間見本を添えて印刷所へ

五、初校が出たら原稿と突き合わせて校正し、要再校として印刷所へ

六、再校が出たら赤字をチェックし、もう一度よく読んで責任校了として印刷所へ

七、完成

このように書いた紙を壁沿いのテーブルに並べ、側にそれぞれの段階の原稿やゲラを置いてゆく。写真の縮小の指示とか記事のレイアウトなど、興味のある人は見るだろう。それに続くテーブルには、十号ずつの『山なみ』の綴りと、それぞれの時代に相当する大小の写真を散らして置く。

壁に矢印で見る順路を示し、中央のテーブルには感想などを書くノートと筆記具、そ

れにちょっとした花を飾って準備完了だ。

早いもので今日はもう展示六日目になる。二日目ごろまでは、展示室前の廊下を通る度にどうも人の入りが少ないようで気を揉んでいたが、一昨日あたりからこれは成功だと確信が持てるようになった。

目玉はやはり、きれいに拡大された昔の写真の数々だった。いま介護フロアで生活している人たちが、さっそうと社交ダンスをしたり、沖縄旅行の集合写真にすがすがしい顔で納まっている。介護フロアで働く職員たちは、当然当時の彼女たちを知らないわけだから、双方で、楽しく会話が弾んだそうだ。

職員たち自身も、比較的新しい人が多いので、昔の若々しい皆さんの写真を見て、気持ちを新たにしたという。

また、他県から一人でやってきてここに入居したある人は、当初この『山なみ』誌を手がかりに周囲に溶け込めたと、ノートに書いてくれていた。

〈『山なみ』のできるまで〉の展示では、

「編集は大変だろうと想像してたけど、これほどとは思わなかった。ほんとにありがとう」

と、改めて幾人かに礼を言われたが、少々おもはゆい。なぜなら今の世の中、ＩＴ機器を駆使すれば、この程度の冊子はもっと簡単にできると思われるけれど、私はそれができないから、約六十年前に自分が習ったやり方でしているだけなのだから……。

今日は開園記念オープン祭の日で、私にとってうれしいことが二つ重なった。

一つは〈『山なみ』百号記念展〉が、好評につき期間が四日間延長されたこと。もう一つは、私が永年『山なみ』刊行に尽力して入居者の親睦に貢献したということで、園長から感謝状を頂いたことだ。

『山なみ』の編集は、今後もできるだけ続けたいと思っている。

（二〇一五・七・一一）

＊束見本　本の出版に先立ち、刊行するものと同じ用紙やページ数で製本して、装丁のぐあいを確かめたり、宣伝に用いたりする見本。

惹かれる動物たち

このところ好んで観るテレビ番組に、岩合光昭の〈世界ネコ歩き〉がある。猫はどんなに人に愛されても、野性を残しているところがいい。百パーセントは人の思うままにならず、むしろ人を利用して生きているようだ。

子どもの頃から動物には興味があった。

就学前後のほんの一時期、家でも犬を飼っていた。昭和の初期、飼い犬はすべて番犬で、家の中には入れなかったものだ。しかし夜、田んぼを荒らしてクレームがついたり、あまり良い思い出はない。私はこの犬に興味はあったが、怖くてとても抱いたりできなかった。

父の転勤に伴う一家転住で、福井県では武生・敦賀・小浜に合計十年ばかり住んだが、家はすべて木造戸建ての借家だった。天井裏ではネズミが駆け回る。食べ物などないはずなのになぜ走るのだろうと、天井板の木目を眺めながらあれこれ想像していたものだ。風呂の焚き口に近い、よくネズミが出没する辺りに父が罠を仕掛けておくと、時々掛かっていた。罠は靴の箱の蓋の部分をドーム型にしたような形の金網の籠で、餌に何をぶら下げていたかは、どうも覚えていない。

中で暴れているこのネズミは、金網の籠ごと近くの小川に持って行って水に漬け、溺死させるのだった。

「こりゃぁ、ネズミじゃないぞ！」

ある朝、父のこの大声に、ネズミ捕りの籠をのぞくと、ネズミに似てはいるが、胴が長くて尻尾の太い動物がかかっていた。父はイタチだという。

昨夜の天井裏のネズミの大運動会は、このイタチが仕掛けていたのかも……。

父はこのイタチをやむなくネズミと同じやり方で殺処分し、私はこの間の経緯を学校で綴り方に書いた。

〈いたち〉と題するこの私の作文は、学校の文集に載ることになったが、その後受持ちの女先生から母に連絡があって、イタチは保護動物に指定されていて、公にこれを発表するのはまずい、とのこと。母は「どうぞ他のお子さんの作文を」と言ったそうだが、先生は、

「でも私も知らなくて〈いたち〉を選んだのですから、秀子さんの別の〈あり〉という綴り方を載せることにいたします」

それは庭で見つけたアリの行列の観察記録のようなものだったと思う。小学二年の頃の懐かしい思い出のひとこまだ。

絵を描くことも好きで、牛小屋にもぐり込んで、牛を写生したこともある。

あの頃は、往来にも糞を落としながら荷馬車が行き交い、田んぼでも牛や馬がよく働いていていて、身近な存在だった。

動物園も好きだった。成人し、教職についてからも、たまに出張して、仕事が早く終わると、その土地の動物園を訪ねたりした。退職前後から書を習い始め、展覧会に出品するようになると、会場近くの動物園には必ず立ち寄った。東京都美術館の隣の上野動物園や、神戸の原田の森美術館前の王子動物園には、何度足を運んだことか。

それが高じて一九九九年には、兄夫婦と一緒に『南アフリカ・喜望峰とボツワナ・サ

かわいい動物たちの絵手紙。

ファリの旅』というツアーに参加した。もちろん喜望峰に立ったことも記念になったが、少なくとも私にとっては、この旅のハイライトは、ボツワナのチョベ国立公園での動物サファリだった。アフリカ象・ライオン・ジラフ・縞馬・インパラ・水牛・河馬などを、自然のままの姿で見た感動は、今なお忘れられない。

あれからもう二十年近い歳月が流れた。そしていま私は、米寿を目前に、動物の絵手紙にはまっている。小池邦夫流ではなく、写真を見ながら、鉛筆も絵の具もボールペンも使う自己流で、犬・猫などかわいい動物の顔を中心に描いている。

（二〇一八・九・一）

ピアノと私

昼寝から覚めると、テレビにはシチリア島のパレルモ空港の広いコンコースが放映されていた。ここには誰でも弾いてよいグランドピアノが一台置いてあって、旅行客が次々と立ち寄っては何か弾いてゆく。足を止めて聴いて、拍手をする人たちもいる。いい雰囲気だなぁ、と思った。そして私はいつしか自分の、ピアノとの関わり合いの歴史をたどっているのだった。

最初は小学五年のときだ。学校の先生から希望者にピアノを教えてくれる話を聞き、申し込むと、結局は家にピアノがある子でないと無理、ということで、一瞬にしてこの夢は消え去った。

次は戦後まもなく、高等師範学校に入学したときだ。十七歳だった。音楽専攻の学生でなくても、たくさんあるピアノのブースを空き時間に使うことが許されて、ほぼ一年間、ピアノを習うことができた。『バイエル』を終え、『ハノン』と『ブルグミュラー』を少しやった。しかし戦後の学制改革が、その年ようやく大学に及び、再度受験して新制の大学一期生になると、とてもそんな暇はなくなり、ピアノとの縁は途切れた。

次はもう、いま住んでいる老人ホーム・レインボーハイツに入ってからのことになる。退職後の自由な身で、私は生まれて初めて自分のためにピアノ（電子ピアノ）を買った。そして還暦の年から四年間、先生について習った。『おとなのためのバイエル教本』『おとなのためのバイエル併用曲集』『おとなのためのピアノ小曲集』ほかに『テクニック（指の練習）』が教材だった。

四年でこれをやめたのは、楽譜を見ながら鍵盤を見ずに曲を弾くことが、私にはどうしてもできなかったからだ。勢い暗譜してから鍵盤を見ながら弾くことになり、時間もかかるし、次の曲に進むと前の曲は忘れて、少しも蓄積されず、むなしさばかりが残る。

ピアノを弾きこなすという高等技術は、若い時期に始めなければ身につかないのだろう。他にもやりたいことはたくさんあるのに、残る人生、ピアノだけでもあるまいと

――というのは負け惜しみで、要するに、ここで私はピアノに落ちこぼれたのだった。

テレビ画面は、アムステルダム中央駅に切り替わっている。やはりグランドピアノが一台置いてあって、入れ替わり立ち替わり、人々が弾いてゆく。ピアノを習い始めて三年目という十一歳の女の子が……、市内に勤める庭師が学生時代に大好きだったという曲を……、プロのピアニスト希望の十八歳の男性が……。――彼はかなりの腕前で、遠巻きにした人たちが拍手を送っている。しかし彼はイスラエルに帰ると、二年間の兵役に就くという。

やはり若い人が多い。彼らが希望を捨てず、戦禍に巻き込まれず、それぞれ納得のいく人生を送ってゆけますように、と祈るばかりだ。

私の電子ピアノは、その後レインボーハイツに寄贈した。ロビーでちょっとしたコンサートを開くときには、コーラスの練習で使っているカルチャールームのピアノは素人では移動が困難なので、その電子ピアノを職員が運んで、ずいぶん利用してもらってきた。本当によかったと思っている。

さらに昨年夏以降の入居者のなかに、ピアノを寄贈されたご夫妻が二組いて、その内一台のグランドピアノが、何とも格好よく、今やロビーの奥に据えられている。ハイツの開園を祝う今年のオープン祭では、地元のジャズオーケストラが、このピアノを使って演奏してくれることだろう。

（二〇一八・七・三）

平成三十一年

平成の時代が終わろうとしている。

私がここレインボーハイツに入居したのは平成元年だったから、私は平成の時代一杯をここで過ごしたことになる。ここでの人生を振り返ると、まずは幸せな三十年であった。

天皇陛下が、年齢的に象徴としての仕事が充分できなくなるからと、譲位を希望されたことには、心からの賛意を表したい。陛下と同じ昭和一桁生まれの者として、そのお気持ちは痛いほどよく分かる。

暮れの天皇誕生日に際しての陛下のお言葉には、心に沁みる点が多くあった。なかで

も、「平成が戦争のない時代として終わろうとしていることに、心から安堵していま
す」というところだ。

それは父昭和天皇の戦中戦後のお苦しみも思ってのことと推察する。と言うのは、私のなかで最も心に焼きついている昭和天皇の写真と言えば、太平洋戦争敗戦直後の一九四五年九月に、天皇がマッカーサー元帥を訪問した時のものである。

モーニング姿で直立されている天皇に、略装でくつろいだ姿勢のマッカーサーだ。

当時私は十四歳だったが、その後この写真を見る度に、どれほどの思いで天皇はこの訪問を決意されたかと、粛然と身がひきしまる。皇太子であった今上天皇は十一歳だったが、その後の思いは如何ばかりであったか？


昭和天皇逝去から三十年に当たる今年の一月七日には、最近見つかったというその晩年の歌の直筆原稿のことが、新聞紙上を賑わしていた。誠実なお人柄が偲ばれる歌ばかりだが、一九八五（昭和六十）年以降の歌である。

私は昭和五年生まれだから、六十四年に終わった昭和のほとんどを生きたことになる。

米寿を迎えた今だからこそ言わしてもらえば、私の昭和は不幸ではなかったが、かなり

いろいろなことがあったと思う。

学生時代の五回の転校、その間には夜勤までした学徒勤労動員とあの敗戦が含まれる。社会人になってからは、会社員（出版社）から教員への転身。結婚後十五年での夫の自死、などである。

そして昭和の時代が終わるころ、私は将来を見据え、一大決心をして、現在住んでいる有料老人ホーム・レインボーハイツに入居した。当時、地方公務員の定年はすでに六十歳に延びていたが、そのとき私は五十八歳であった。

昭和天皇は一九八六年の誕生日に開かれた在位六十年記念式典の最中、「（先の戦争による犠牲を思うとき、）なお胸が痛み、改めて平和の尊さを痛感します」と語って、本当に涙を流されたという。八十五歳のときだ。

国民の祝ひをうけてうれしきも
　ふりかへりみればはづかしきかな

晩年まで尽きせぬ悲しみがあったのだ。

そして同じ八十五歳で、今上天皇が譲位されようとしている。この二月二十四日には、在位三十年を祝う記念式典があった。時々声を震わせながら語られる陛下のおことばをテレビで聴きながら、私は昭和天皇のあの涙のことも思い出していた。

おことばの内容は、まことに心から納得できるものであった。平成が戦争を経験せぬ時代ではあったが、自然災害・人口構造の変化を含む多くの予想せぬ困難に直面した時代であったこと、象徴としての天皇像を模索する道は続くこと、災害を耐え抜いてきた人々や様々な形でそれに寄り添ってきた人々を称え、援助してくれた諸外国への感謝も語られていた。平成が始まって間もなく皇后陛下の詠まれたという次の歌の紹介は、うれしかった。

　ともどもに平らけき代を築かむと
　　諸人のことば国うちに充つ

ともあれ平成の時代を締めくくるに当たり、いま自分がなすべきこと、考えておくべきことは何か、試行錯誤している昨今である。

（二〇一九・二・二八）

令和に乾杯！

去る四月二十八日に、大学の同窓会（桜蔭会《おういんかい》）の兵庫支部総会が開かれた。一大女子会である。会場は神戸北野の某ホテルだ。

その二日前に支部役員の方から電話があって、総会の昼食時に、私に乾杯の音頭を取ってくれという。ああそうか、とうとう来たな、と思った。

例年、この会では最高齢の出席者が、乾杯の音頭を取ることになっている。昨年までは、私より先輩が、一、二名は来ていた。しかし、まあ、いい。乾杯に先立つ話は短いほうが喜ばれるのだから。そうだ、あの話をしよう。

それより私には、その会のために用意しているものがあった。レインボーハイツの絵手紙教室で描き溜めた絵はがきのなかから、よさそうなものを百枚ほどコピーして、欲しい方に二枚ずつ、取ってもらうのだ。ハイツの〈趣味の作品展〉でこれをやって、結構好評だったから、喜んでもらえるかも知れない。例年出席者は三、四十名だから、残りは頑張っている役員の方たちへのプレゼントにしよう。

その日がやってきた。ほとんどは一年ぶりに会う人たちだが、話をすればすぐに通じる仲間という感じでホッとする。

十時半からの午前の部は、支部公益事業としての公開講演会で、外部からの客と一緒に〈西欧を魅了した『きもの』とは？〉と題する服飾史家の話を聞く。

午後の部は昼食を挟んでの支部総会である。いつも思うことだが、兵庫支部は支部長はじめ、庶務、広報、会計、それに県を十二の地区に分けてのそれぞれの地区委員たちがよく連携して、うまく運営されている。

この日もやむを得ぬ事情で欠席の支部長の代理が、上手に挨拶をする。そして物故者への黙祷、卒業六十周年の方への祝い品の贈呈、それを受け取った方の挨拶と、会はスムーズに流れてゆく。

この挨拶がまた実にうまい。感心していると「では会食に入ります。皆様乾杯のご準備はよろしいでしょうか？　乾杯の音頭は楢崎様にお願いいたします」と司会者の声。

そーら来た。私も頑張らなければ！

「皆様こんにちは。平成最後の支部総会で、あと三日もすれば令和になりますね。この日本の元号については海外でも話題になっています。英国のＢＢＣは、令はorder（命令、秩序）という意味であると言い、また他に、令はcommand（命令）であると伝えたマスコミもあったそうです。そこで日本の外務省は各国の日本大使館に対し、令和は……との英訳で統一する方針を決め、この方針に沿って対外的に説明するように指示したそうです。その令和の英訳をご存知の方は、居ませんか？」

みんな顔を見合わせて、黙っている。

「それはね、Beautiful Harmony（美しい調和）なんです」

「へえ！」「ふーん」と納得したような声。

「いい言葉でしょう？　よく分かるしね。でもそれを知ったとき、私は桜蔭会兵庫支部のことがすぐに頭に浮かびました。役員の方がうまく運営してくれて、いい塩梅に調和がとれていて……。ではそれに乾杯しましょう。

桜蔭会兵庫支部のBeautiful Harmonyと、それが今後も続くことを祈念して、乾杯！」

みんな大きな声で、うれしそうに唱和してくれた。

私は上機嫌でビールを飲み、松花堂弁当を食べた。その間にあの百枚の絵はがきは、役員に紹介されて、皆のテーブルを回り、喜んでもらっているようだ。

やがて前年度の行事および会計報告、役員改選、今年度の行事・予算などの議事も終わり、読書会、歩こう会の報告があった。私があと十年若ければ歩こう会にも参加したいのだが……。最後に全員で記念写真を撮って散会。

疲れたが、それは快い疲れであった。

（二〇一九・五・一）

II　趣味に生かされて

美しい調和

「リバーコールとかけてパラリンピックの陸上競技と解きます。心は？」

うーん？　みんな天井を見上げたり顔を見合わせたりして、黙っている。

「どちらも伴奏（伴走）が必要です」

答が明かされると、あー、と楽しそうにみんな拍手をする。

猪名川混声合唱団リバーコールの現在の団長K氏は、二時間の練習の合間の休憩時間に、連絡事項を伝えたあと、こんなクイズを持ちかけてくる。みんな結構それを楽しみにしていて、それがないと、催促する人までいたりする。

「変記号とかけて貧血の人と解きます。その心は？」

「朝起きたら、ふらっと（♭）します」

これは団員が答えたのか、答が明かされたのか、どうも覚えていない。

それにしても月に三、四回ある練習日ごとに、こうしたクイズを準備するのは、かなり大変なことに違いない。

それやこれやで、K氏は今年に入って間もないころ、クイズはもう種切れだから止めにします、とのこと。

長らくいろいろと楽しませてくれてありがとう、というのが私たちの気持ちだった。

五月九日は、平成から令和にかけての連休が終わって最初の練習日だった。

暗譜すべき歌の数々は、家で録音を数回聞いて復習してきたものの、まだ充分ではなく、反省しているうちに前半の稽古が終わる。

団長のK氏は連絡事項を伝えて済むと、にこにこしながら、

「今日は久しぶりに、またクイズをします。令和とかけて、わがリバーコールと解きます。さて、その心は？」

オッと思って聞いていた私は、得たりやおうと、さっと手を上げ、

「Beautiful Harmony !」
やや間があって「正解でーす」とK氏。
ああ、なんと気持ちがいいこと！

令和の英訳がBeautiful Harmony（美しい調和）であることは、インターネットで調べて知っていた。しかもそのことを、四月末の同窓会の会合で、出席者に話し、この会もいい塩梅に調和して運営されているから、「この会のBeautiful Harmonyに乾杯！」などとやったばかりだったのだ。

大好きになったこのBeautiful Harmonyという言葉は、同窓会より合唱団と、より相性よく結びつく感じである。

さらに、この言葉だけを単独に考えても、日本人にさえ、〈美しい調和〉より〈ビューティフル　ハーモニー〉のほうが親しみやすい気がする。

平成最後の同窓会と、令和最初のリバーコール練習日に起きた、Beautiful Harmonyにからむこの二つの出来事は、いつまでも良い思い出として残りそうだ。

〈美しい調和〉や元の〈令和〉を差し置いて、私のなかで独り歩きを始めたBeautiful Harmonyという言葉は、このところ折に触れて頭に浮かんでくる。
粛々と、この言葉に恥じない生活を送っていきたいと思う。

（二〇一九・五・一二）

『川の流れのように』――ゆるい留め袖の妙

年を取ると、だんだん記憶力が減退してくる。私の属する合唱団リバーコールでは、合唱祭でも、病院や老人ホーム慰問の折も、大抵は暗譜で歌うので、歌詞を覚えるのが何かと大変だ。

そろそろ私も引退かな、と弱気になったこともあるけれど、練習日にみんなで一緒に歌い始めると楽しくて、やっぱり頑張って続けようと思い直している。

秋元康作詞『川の流れのように』は、五十二歳という若さでこの世を去った美空ひばりのラストソングで、私の好きな歌の一つだ。

ただ、この歌の繰り返しの部分の一番と二番の歌詞を取り違えやすい。一番は、

ああ　川の流れのように
ゆるやかに　いくつも時代は過ぎて
ああ　川の流れのように
とめどなく　空がたそがれに染まるだけ

そして二番は、
ああ　川の流れのように
おだやかに　この身を任せていたい
ああ　川の流れのように
いつまでも　青いせせらぎを聞きながら

「私、ゆるい留め袖って覚えてるの」

いつも頭の冴えているAさんの言葉だ。

「え？　――なるほど！　それ、頂きだわ」

私を含め、何人かが感心してその覚え方を頂戴したのだった。〈ゆるやかに〉、〈いくつも〉、〈とめどなく〉、〈そらが〉というわけだ。それでないほうが二番で、あとは大丈夫だ。

浜口庫之助作詞・作曲の『バラが咲いた』のように、物語性のある歌詞はむしろ覚えやすい。ただ一番に〈そこに咲いてておくれ〉、二番に〈ここで咲いてておくれ〉というところがあり、混乱する。一番はぼくの庭を指すから〈そこに〉、二番はぼくの心だから〈ここで〉と覚える。ほかに情景を思い描いて覚える場合もある。

こうして音や理屈をこじつけて覚えたり、情景を描いたり、並行してその歌を繰り返し聞いて覚えるのだが、結構大変だ。

来たる十月十五日の土曜日は〈第一回いーな！　いながわ合唱祭〉の日だ。これまでリバーコールは隣接する川西市の合唱祭に参加してやってきたが、今年から猪名川町に根拠地を置く合唱団が独立し、まずは五団体で発足する。ぜひ頑張って成功させたい。

残念ながら、この日は私にとって参加したい三つの行事が重なっている。合唱祭と、カルチャーのエッセイ教室と、認知症の講演会だ。自分は合唱祭に参加すると決め、ハイツ内にポスターを張ったり、券を配って聴きにきてくれるよう入居者を誘ったりしていた。

ところが事務室が、医師を招いての認知症の講演会をハイツ内で開くことを発表すると、申し込み者はそちらに流れた。

私が歌詞を覚えるのに苦労するのも加齢のせいなら、入居者が、合唱を聴くより認知症の知識を得ようとするのも、加齢のなせる業で、やむを得ないと思っている。それは川の流れのようなものに違いない。

作詞家・秋元康は、ニューヨークのカフェの片隅でハドソン川を眺めながら、この『川の流れのように』をまとめあげたそうだ。美空ひばりは、自らの弱った健康状態のなかで、万感の思いをこめてこれを熱唱した。

しみじみと味わい深い歌詞だ。私もおだやかに流れに身を任せたい心境である。

（二〇一六・一〇・四）

ある洗礼

十一月一日、午前十一時少し過ぎ、帽子を目深にかぶり、マスクをし、コートの襟を立て、忍びの姿でそろりそろりと家を出た。

目指すは、日生中央サピエ・センタープラザだ。

サピエでは、創業祭で、この数日、センタープラザでいろいろな行事をやっている。その一環として、今日はわが混声合唱団リバーコールが歌うことになっていた。

買い物客でにぎわう館内に入ると、やがて力強い『青い山脈』の歌声が聞こえてくる。予定された三つ目の曲目だ。センタープラザには合唱団のために臨時の雛段が設けられ、パイプ椅子は、半ばそれを囲むように並べてあるに違いない。そこは多分聴衆で満席だろう。

私は目立たぬように、あえて吹き抜けになっているセンタープラザの二階にまわって歌声を聴くことにした。だるい体を柱にもたせ掛け、男性十五名、女性三十六名の歌声を、目を閉じてしみじみと聴いた。

いつもの声だ。

ああ、歌いたい、と思った。

それから彼らを鳥瞰し、私も本当はあの辺りに立って歌っているはずなのに——と思うと、情けなさがこみ上げてきた。


十月二十一日から二泊三日で黒部・立山方面に旅をした。レインボーハイツからの六人連れの家族旅行のようなものだった。リーダーの事務長が、「このメンバーだからこそ行けた」と後で述懐した通り、体力的にも世話するリーダーの労力の面でも限界と思われるような、きつい旅だった。

それでも私としては初めての土地だったし、北陸新幹線にも乗ったし、好天にも恵まれ、大満足で帰ってきたのだが、そのあと、ゆっくり休養することができなかった。

月一回の通院日――その時はまだ元気だったのに――、書道教室で西梅田に出向く日、英字新聞を読む会の後、川西能勢口での食事会の日、さらに来客日の予定も変更できず、なんとかこなした。旅の疲れが出るころのこれらの日々は、つらいものがあった。

発熱はないが、徐々に体がだるく、目がしょぼしょぼし、喉が痛んでくる。声が出なくなり、発作的に咳が出る。そしてついに今日のコンサートへの欠席を決めたのだった。

合唱団は、ディズニー・メドレーのなかの『チム・チム・チェリー』を歌っている。

♪わたしは　煙突　掃除屋さーん

と、私もそっと声を出してみる。

出ない。

小学生のころ、風邪をひいて家で寝ていると、学校の下校時刻が来るまで、何かここは自分の居場所でないような、落ち着かない気分だったのを思い出した。

私は本当は、あそこで歌っているはずなのだから、こんなところでうろうろしていてはいけない。せめて早く帰って、ひたすら休養に努めよう。
これからは、よほど気をつけて生活しなければ、と思った。若いときと同じように考えて、頑張り過ぎてはいけない。
とぼとぼと立ち去る私を歌声が追ってくる。

♪チムチムニー　チムチーム　チェリーチム　チェルー

老いるとは、こういうことなのであろう。それならば、思い切り上手に老いてやろう。今回の私の体調不良は、素敵な老いに向かう〈洗礼〉であると考えたい。

（二〇一五・一一・一一）

作詞と訳詞の間

あれ！　と思った。

レインボーハイツ・コーラス部の練習日に配られた楽譜『グリーンスリーブズ』の歌詞を見たときのことだ。

一、思い出なつかし　緑の小袖よ
　つれなき別れの　さびしき思い出
　緑の小袖よ　愛の形見と
　はるけき思い出　わが胸に　グリーンスリーブズ
二、（省略）
　　　　（訳詞　三木おさむ）

そしてその後に英語の歌詞が続いているのだが、これは歌わない予定らしく、一行だけで切れている。しかしその意味は〈ああ、あなたは失礼にも私を棄てたりしてひどいことをした〉[*1]というもので、これが日本語の訳とどう関係しているのか不審に思った。

気がかりなので晩に調べてみる。

手持ちの本[*2]で英語の歌詞をチェックすると、一、二番を通して、惚れぬいた女性に棄てられた男の恨み節なのであった。

また新英和大辞典によると、グリーンスリーブズは、①十六世紀末から英国で歌われた流行歌謡　②その歌謡の主人公で男をつれなくそでにする浮気な女性　③（省略）とのこと。

訳詞を手掛けようとする者が、辞書を引かないはずはないから、この訳者はグリーンスリーブズが人の名であると承知しながら〈緑の小袖〉を持ち出したのだろう。小袖と言えば、着物である。それをつれなく別れた人の形見としていとおしんでいるというのだ。たしかにグリーンは〈緑〉、スリーブは〈袖〉だけれど、何とまあ……。

などと考えながら繰り返し訳詞を読んでいると、不思議なことにこれはこれでいいのだ、と思えてきた。むしろ逆に、日本人好みにうまくまとめたなあ、と感心させられた。私など英語も日本語も歌詞は知らぬままにメロディーだけは覚えていたほど、素敵な美しいメロディーなのだから、日本人が気持ちよく歌える歌詞は大歓迎だ。

ただ一つ、引っかかるのはそれを〈訳詞〉と言えるかどうか、ということだ。もうそれはほとんど〈作詞〉ではないか。


私たちはいまもう一つ『ムーンリバー』もやっている。こちらは吉田央訳詞の日本語とジョニー・マーサー作詞の英語も歌う予定だ。

これまた日本語が、なかなかロマンチックで素晴らしい。

一、ムーンリバー　ふるさとの　海に続く川
　この世の苦しみ　流していっておくれ
　月の光受け　きらめく川面に
　サヨナラの手紙　折って流そう

紙の小舟　ムーンリバー

二、（省略）

英語の歌詞のほうはかなり意味深で抽象的な内容だ。

〈幼いころ親しんだ川に「君」と呼びかけて、君は私に夢を与えてくれた。が、私は失望や落胆も味わった、それでも私は君について行って世の中を渡り、いつかきっと立派に君を超えてみせる。〉

映画『ティファニーで朝食を』で、オードリー・ヘップバーンが歌って有名な歌だ。

こうして歌詞はそれぞれ素敵なのに、全くと言っていいほど内容は異なっている。訳でもないのに〈訳詞〉と言っている。

曲には作曲に対して編曲というまい言葉がある。歌詞も作詞に対して訳詞に代わるいい言葉はないだろうか。

そこで私の提案だが〈転訳詞〉というのはどうだろうか。音楽関係者で、誰かこの案に賛成し、実行してくれる人はいないだろうか。

（二〇一八・三・三一）

＊1　Alas！ My love, you do me wrong to cast me off discourteously.
＊2　OUR ENGLISH SONGS 2（ELEC＝財団法人英語教育協議会）

顔

私って、いったいいつまで私のまんまなんだろう。

幼いころ、私は黙ってそっと人の様子をうかがうような、可愛げのない子どもだった。

近所のおばさんから、「あんたはもっとお母さんに甘えなさい」と言われたこともある。

それを母に告げると、

「甘えられても困るけど、もっと明るい顔をしていなさい」

と言われた。それは八十路の今も同じで、明るい顔はよほど意識していないと保つことができず、つい仏頂面になってしまう。

「また怖い顔になってますよー、笑顔でー」

レインボーハイツのコーラスでは、歌っているといつもI先生に注意される。名前をあげて言われるわけではないが、私にはわかっている。口角を上げるのが難しければ頬を上げるように、とか、手鏡で自分の顔を見るようにと指示される。

見ると、いつも愛想のない自分の顔にがっかりする。たしかににこやかに歌っている人もいる。しかしそれは歌うときだけでなく、いつもそんな雰囲気をもっている人で、私はその点では全く駄目なのだ。特に新しい歌のときは、覚えるのに夢中だから、顔どころではない。

大相撲のテレビ観戦が好きだが、力士は勝てばうれしいに違いないのにニコリともしない。勝ってますます飄々たる安美錦の風情が大好きだ。それに対してサッカー選手がゴールしたときの喜びようはどうだろう！　レスリングなどでも、勝った選手は試合が終わればすぐ監督と抱き合って喜んでいる。それはそれで自然でいいとは思うけれど。

先日たまたまテレビで狂言を観た。私は狂言は特に好きというわけではないが、不思議な魅力をもつ古典芸能だと再認識した。出演者は自分の役柄や気持ちを言葉と身振り手振りで表現し、顔はただそこに在るだけで、全くの無表情なのだ。ふと、私は狂言の世界ならうまくやれるかも、と思ったりした。

一方、学校音楽コンクールなどで歌っている子どもたちの表情は実にいい。笑顔とまでいかなくても、見ていて気持ちのよい明るい顔だ。彼らの先生はよく指導しているなと、感心してしまう。だからレインボーハイツのコーラスで、I先生が十二月の〈虹のコンサート〉を意識して表情の注文をよく出される気持ちはわかるのだが……。

スポーツでも芸能でも、それぞれの分野で伝統というものがあるから、笑顔の良し悪しは一概には言えない。しかしコーラスで歌う歌は邦楽でなく洋楽であり、聴き手の立場からも明るい顔が望まれるなら、声楽が専門のI先生の言われるとおり、明るい顔になるよう努めなければならないということになる。

これは私の苦手の分野への挑戦だ。

どうしたらいいか?

結局私は、本当に明るい気分でなければ明るい顔はできないので、そうなるにはどうしたらよいか、ということになる。

何はともあれ、その歌の歌詞をよく理解し、メロディーを正確にしっかり覚えること、そしてそれを反復練習することに尽きる。そうすることによって自信がつくから、気分的にも余裕が生まれ、明るい顔につながるのではないかと思う。

八十路の婆さんが、歌で子どもと張り合うわけではないが、せっかく熱心な先生に恵まれた人生のこの季節を、大切に、有意義に過ごさなければと思う。

（二〇一五・六・一三）

帰去来《ききょらい》の辞

「やったぁー！」

今日、西梅田の書道教室で、こう口走ってしまったのには、わけがある。展覧会出品用に持参したのは前回の教室以後に書いた十五枚の試作品から自分で選んだ五枚だった。そのなかから先生が選んでくれたのが、最後の五十枚目として書いた作品だったからだ。

陶淵明[*1]の有名な『帰去来の辞』は、長い詩で、いわば彼の退職宣言文だという。全体は四段に分かれ、第一段（七十二文字）は役人の生活を辞めて帰郷の途に就いた喜びを述べている。今回、私はそれに挑戦してみた。これまでは七言律詩の五十六文字が最長だったし、紙の大きさが全紙[*2]と決められているので、七十二文字を作品に仕上げるには、何かと新しい工夫も必要だった。

字数が多いから準備は早めに、と、手本を作るための集字・作字は昨年の暮れから始めた。例によって黄庭堅[*3]、文徴明[*4]の法帖のなかから良い字を探し、集めてゆく。

この作業は一般には面倒がられるようだが、どうも私はこれが面白くて好きだ。パズルを解くようで、希望が持てるからだ。どうにも見付からない字は、先生が本部の膨大な資料のなかから補ってくれる。

やがて手本ができあがり、ぼつぼつ半紙で一字ずつ練習をするうちに一月が過ぎ、二月に入っていよいよ全紙に向かう。

まずは字配りだ。七言律詩の五十六文字なら、全紙に五行書きして落款《らっかん》も入れてちょうどよい。しかし七十二文字だから、六行書きが当然と思って、最初はそれで数枚書いて、見てもらった。先生は字をすこし小振りにして五行書きのほうが良いと言う。

七十二文字を五行にまとめるなど無理と思いつつも、やってみると、これができるのだ。それに、自分の書いた六行書きと五行書きを並べて比較すると、確かに五行書きのほうが、行間がしっかり取れていて筋が通るから、すっきりしている。

なるほど、書の実力者というものは、自分が能書家であることの他に、まだ存在しない書作品を想像する力があることも重要な資質なのだ、と改めて先生に脱帽した。

字配りが決まり、字の大小、墨継ぎの場所なども決めて、三月、四月と書き込んでゆく。

小振りになった文字に力強さを盛り込むために縦画を太く書くことは、今回学んだことの一つだ。

書くのはレインボーハイツの共用室の一つで、ここを三時間単位で借り、長テーブルを三つ繋いで立って書く。一枚書くのに五十分かかるし、疲労度から言っても一日三枚

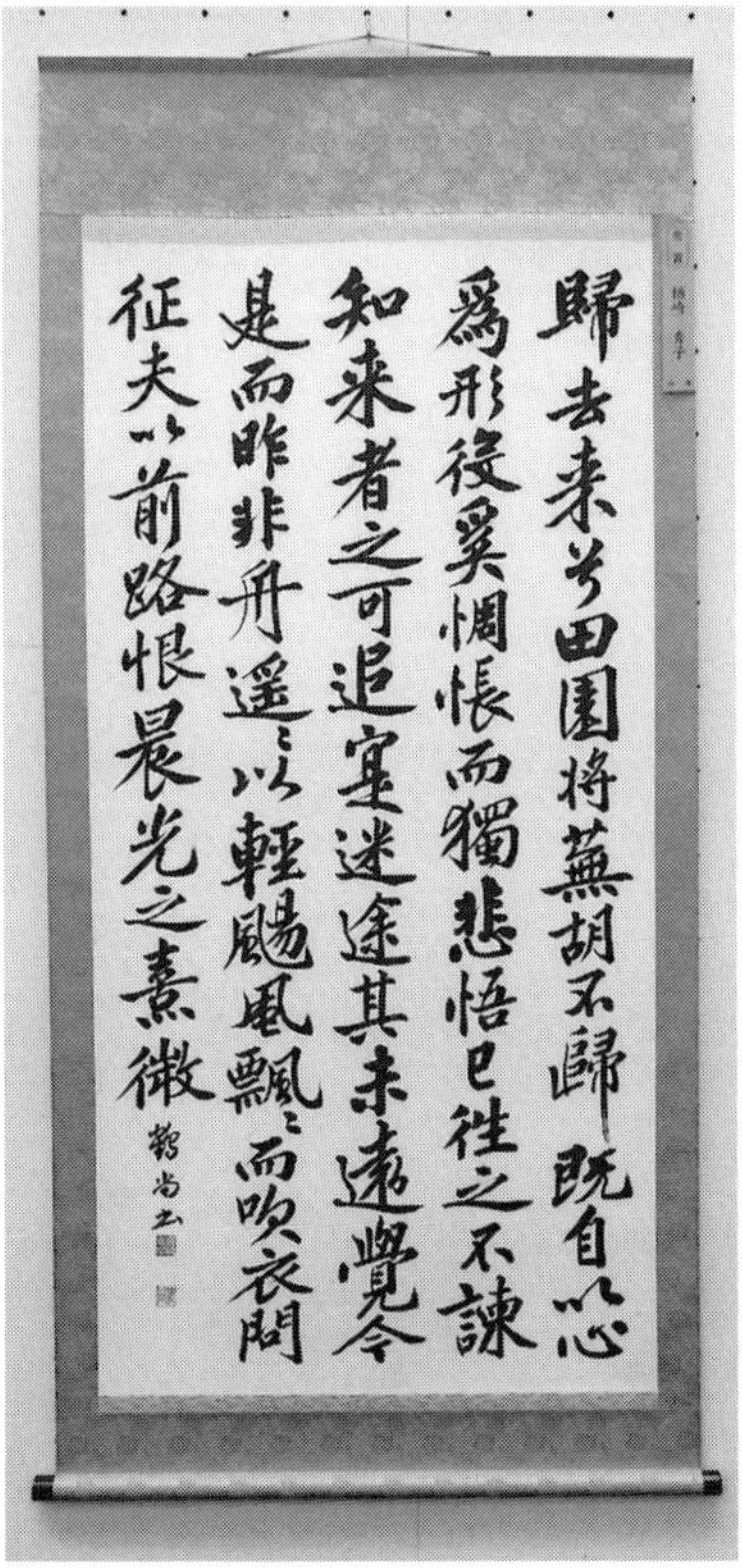

帰去来の辞。

が限度だ。しかしこの環境は、本当にありがたい。

こうして独り静かに書くことは嫌いではないけれど、集字をしているころの希望に満ちた面白さに比べると、焦りもあり、苦しみもある。そこで、一枚書き終えるごとに休憩してコーヒーを飲むとか音楽をかけるなどして、自分をなだめすかしながらやっている。目標の五十枚は、何としても書かなければ……と。


何はともあれ、今日五月十日、作品を提出した。

試作品の最後の一枚が選ばれたことは以前にもあったが、そのときは、もっと書けばもっといいのができるかも……と、歯切れが悪かった。すこし前に書いたのが選ばれたときは、その後書いた数枚の努力は何だったのかと、むなしかった。

しかし今回は、まだ締切りには間があるのだが、目標の五十枚を書き終え、五十枚目が選ばれて気分爽快だ。年齢のせいであろう。

結果発表は七月上旬、東京都美術館での展覧会は、八月下旬になる。もう一度「やったぁー!」と叫びたいけれど、そうでなくても例年通り観にゆくつもりだ。


（二〇一六・五・一二）

＊1　陶淵明（三六五〜四二七）中国、六朝時代の東晋の詩人　＊2　全紙は70 cm×136 cm
＊3　黄庭堅（一〇四五〜一一〇五）中国、北宋の詩人、書家
＊4　文徴明（一四七〇〜一五五九）中国、明代中期の文人、書画家

永年出品記念表彰を考える（一）

毎年出品している日本書道協会・総合書道展（全国展）の審査結果は、七月上旬に送られてくる。今年はそれが〈特選〉で、表彰式では第四十回記念展にちなみ永年出品記念の表彰も行うからどうぞ、との案内も同封されていた。

思えば五十一歳で日本書道協会の通信講座を受け始め、校務の多忙なときは中断しながらも老後を見据えてぼつぼつと本科、高等科、かな書道科、師範科と学んできた。展覧会に出品するようになったのは五十七歳からではなかったか？　今年で全国展は三十回目だ。

また〈特選〉というのは今回から設けられた賞で、〈金賞〉の上だという。

「今年は表彰式にも出てみようかな」

ふと、そうつぶやいている私だった。

八月に東京都美術館で六日間に渡って開かれる総合書道展そのものは毎年観に行くが、表彰式・懇親パーティーにはもう十年近く出ていない。貴重な東京滞在期間は東京在住の大学時代の友人たちと会って、しゃべって、旧交を温めるほうが、よほど私にはうれしいからだ。しかし、今年は違う！

八月十四日、私は浅草ビューホテルの表彰式会場にいた。指定席は〈イ―1〉だ。最前列〈ア〉には左から無鑑査会員、次いで内閣総理大臣賞から会長賞までの上位の受賞者が並んでいる様子だった。

二〇一一年に、地元・猪名川町から〈元気シニア〉ということで、取材を受けたことがある。元気に長生きする秘訣を聞かれたとき、私は適度な運動と目標を持って生活することを挙げ、「たとえば随筆は、せめてもう一冊はまとめたいし、書道は地区展では知事賞を、全国展では一度でいいから金賞より上の賞をとりたいんです」と言っている。

それが今回の〈特選〉受賞ですべて実現したことになるのだから、少しは自分を褒めてやってもいいかな、などと思いながら、私はいい気分で座っていた。

壇上に向かって右手の椅子に本部書家の方たちが並ぶと開会だ。まず会長の挨拶があり、昨今書道人口が減るなかで、わが協会は展覧会に半紙部門を設けたため逆に応募数が増したこと、四十年の歴史、〈特選〉を設けたこと、などが話された。

いよいよ表彰に移る。まずは永年出品記念表彰だ。最初のＳ氏の名が呼ばれたとき、私は異様な気持ちに襲われた。――それは有名な無鑑査会員だったからだ。無鑑査というのは内閣総理大臣賞から会長賞にいたる七種類の賞を取りつくした人がなれる。同じく永年出品してきても、そのうちどれ一つとして一度も貰っていない自分が情けなかった。

二人目も名前は聞き漏らしたが〈ア〉の列の方だったから、無鑑査会員、または今回の〈特選〉より上の賞の受賞者に違いない。

そして最後の三人目が私。半ば恥ずかしく、半ばうれしい気持ちで受賞した。

引き続き今回の展覧会の表彰に入る。今日は展覧会の初日であり、ここでの表彰式は十時からだから、この会場では本部書家およびスタッフ以外はまだ誰も、展覧会はおろか、出品目録も見ていないはずだ。だから新しい〈特選〉が何人いるのか分からない。

私は精々十名ぐらいかと思っていたが、甘かった。〈特選〉の表彰の番がきても、なかなか名前が呼ばれない。後で出品目録を見たら、従来の〈金賞〉の内の四割り見当を〈特選〉と名前を変えた感じで、ずいぶん大勢いる。私はその内の一人に過ぎない。だから例年と同じである。二度目の打撃であった。

むなしさ半分、楽しさ半分の懇親パーティーを終えると、私のような一人参加の者たち四人でタクシーに乗り合って、いよいよ東京都美術館に向かった。

（二〇一七・九・一）

永年出品記念表彰を考える（二）

東京都美術館ではこの時期、様々な書画の団体が展覧会を開いていて、かなりにぎわっている。しかし例年、私が真剣に観るのは、自分の属する日本書道協会総合書道展・毛筆部門の、講師（書家）や無鑑査会員の作品、それに自分より上位の入賞作品が中心だ。それだけで充分疲れてしまう。

だが順序としては、やはり自分の作品をまず探す。展示番号⑨の区画にようやくそれはあった。

〈洞庭之東江水西　簾旌《れんせい》不動夕陽《せきよう》遅〉

に始まる、宋代の陳與義《ちんよぎ》という詩人の七言律詩を、全紙五行に書いたものだ。

さて周囲の作品と比較しての出来映えは、と思うより先に、驚いた。そこにレインボーハイツのN氏がおられるではないか！

N氏はレインボーハイツでいつも卓球をしている仲間だ。この時期ちょうど上京する用事があるから、ついでに私の書展も観ると言うので、招待券を差し上げていたのだ。

この偶然の出会いはとてもうれしかった。私はいつになく饒舌《じょうぜつ》になって作品の説明をしたり、作品と一緒に写真を撮ってもらったり、ひとしきりおしゃべりしてから別れたのだった。

それから毎年ここへ来たときの、いつもの大事な仕事にとりかかる。月に二回東京の協会本部から先生が出張してきて開かれる大阪の書道教室で一緒に学ぶ仲間たちの作品を見つけて、カメラに納めることだ。このお土産は結構喜ばれる。特選の人、金賞の人などに。
①の区画では本部講師のギャラリートークが始まっている。しかしこの段階で私はもうとても疲れていて、上位入賞者の作品鑑賞もそこそこに、連泊予定の今日の宿に帰りたいと思った。明日もう一度来る予定だから。
N氏との出会いはうれしかったけれど、永年出品表彰の二人が無鑑査会員だったことのショックは、まだ私の中でくすぶっていた。なかなか評価されない自分が哀れだった。

東京都美術館の隣は上野動物園だ。そうだ、この気分、パンダに癒してもらおう。

美術館を出てとぼとぼ歩いていた私は、吸い込まれるように切符を買い、パンダ舎に向かう。

「赤ちゃんパンダ、いますか？」

「赤ちゃんパンダはまだ公開されていません」

ああ、そうだった。そんなこと、分かっていたはずなのに……。

のそのそ歩く親パンダを横目に見ながらパンダ舎を出ると、もうそれ以上何も見る気がせず、ちょっとベンチで一服後、宿に帰った。


今日は書道展の二日目だ。昨夜は熟睡して今朝の目覚めはさわやかだった。

美術館入口で大学時代の友だちに会うのは十時半の約束だけれど、それまでに独りでじっくり上位作品を鑑賞するため、荷物をまとめて早めに宿を出る。

まだ人のほとんど居ない会場で、大阪教室での私の先生・N講師に会った。そして会場に詰めていたもう一人の講師と二人で、私の作品につき、丁寧な批評とエールを頂いた。それは後に送られてきた機関誌の、今回の書道展総評にも書かれていたことだが、作品のなかに〈主役が見得を切るような見せ場を作れ〉ということだったと思う。

十時半に二人の友だちはやってきた。昨年会ったもう一人はご主人の具合が悪いそうで会えなかった。私たちは皆そんな年齢なのだ。二人の知人である東京都の男性のかな作品が、やはり特選で私と同じ⑨区画にあったのは好都合で、ひとしきり話がはずんだ。

美術館内のレストランが開くのを待って、三人でまずは互いの健康を祝ってワインで乾杯、……ゆっくり食事をした。そして来年の再会を約して昼下がりにはもう別れた。

少しばかり心配だった東京独り旅を無事終えた新幹線の中で、私は性懲りもなく〈来年こそ会長賞を〉と考えている。


（二〇一七・九・三〇）

さじ加減（一）

自分自身の生活に対するさじ加減は、分かっているようで、これが意外に難しいということを、最近つくづく感じている。

どうも私は気が多くて、趣味的なことをいろいろやっているから、それが米寿を迎えようとする体に、だんだん負担になってきた。

この園内でのコーラスや絵手紙の会は、楽しいばかりだから、このまま続けるとする。

多少負担に感じるのは、書、エッセイ、朝日ウイークリーを読む会、情報誌『山なみ』の編集、混声合唱団リバーコール、などだ。

これらを整理するに当たり、できるだけ他への迷惑を避けたくて、まず朝日ウイークリーのメンバーに相談すると、毎月でなくてもいいから続けたいと言う。そこで季刊の

『山なみ』の編集と重なる月を休んで年八回とする。

エッセイは苦しくても絶対にやめたくない。

リバーコールは暗譜が大変だけれど、練習日に一緒に歌い始めるとやはり楽しいし、同じ八十代の先生が頑張っておられるので、とてもやめられない。

あとは書をどうするか、ということだ。


五月二十七日は今年の総合書道展[*1]に出品する作品を書く最後の日だった。

予約して借りたホビールームでは、まず細長いテーブルを三つつないで大テーブルを作る。ここで七言律詩（五十六文字）を全紙[*2]に書く。立って手元で二、三字書いては下敷きごと先へ送ってまた書き、一行は十一〜十三字になる。落款《らっかん》も含めて五行だ。

一枚書くのに四十分はかかる。三年前までは三時間で四枚は書けた。ところが今や、一枚書くごとに休憩するから三枚が限度だ。飽きるわけではないが、腰が痛くなる。

今回は結局六十六枚書いたが、さて何枚目が選ばれ、どんな審査結果となることか？

去年は特選だった。正直言って、一つでも上の賞が欲しい。特選の上には内閣総理大臣賞を始め、七種の賞があるのだが……。

趣味としての書だが、楽しいとかつらいとか、面白いとか退屈とか、一概には言えない。

今回の作品作りに取りかかったのは一月だ。内容と、使ってある文字にこだわりながら、まず詩を選ぶ。全紙五行に書くとして中央やや上部に画数の多い格好のいい漢字が来ると、全体に見栄えがするので好都合、などと考えながら……。この段階では、希望に満ちていて、かなり楽しい。

二月は手本作りだ。私は黄庭堅や文徴明の行書体が好きだから、今回選んだ詩に使われている字を、その両書家の作品の中から探し、集めてゆく。いわゆる集字、作字の作業だ。この作業は手間どるので嫌がる人が多いが、私はパズルのようで、結構面白いと思う。

この手本を見ながら、それぞれの字を半紙に二、三回練習する。それから五十六文字の字配りや墨継ぎの場所、字の大小を考えて全紙に書いてみる。この段階が一番自分の実力が試されると思うので、わくわくする。私は月二回大阪教室に通っているから、後で先生もお手本を書いてくれて、ずいぶん勉強にはなるが、自分の力のほどを知ることにもなる。
それ以後は結局臨書の場合と同じで、頑張って書いては眺め、眺めては書きの繰り返しだ。月二回の教室ごとに注意を受け、さらに書き込んでゆく。体力も要るし、苦しいと思うときもある。やがて締切りが来て諦めるのだ。

展覧会は臨書作品で勝負すると決めれば二カ月分の労力が省けるが、それでは私の場合、一番楽しい部分が抜けることになるから、それは避けたい。用紙も連落《れんおち》*3や半切《はんせつ》*4に譲歩せず、全国展ではできるだけ全紙で臨みたい。

結局私の生活のさじ加減は、今しばらくは、やっていることを減らすのではなく、無駄にしている時間を減らすことのように思われる。

（二〇一八・六・七）

*1　日本書道協会の全国展で八月に東京都美術館で開催される。

*2　全紙は70 cm×136 cm　*3　連落は全紙の3／4幅　*4　半切は全紙の1／2幅

さじ加減（二）

「ホイ、……ホイ、……ホイ、……」

とかけ声をかけながら、Ｆさんは球を打つ。金曜日の晩のレインボーハイツの卓球室だ。部員は七名だが、今年の春以降に入居・入部した二人――男女一名ずつ――がかなり上手なので、活気が出てきた。

二十八年前、この近辺で四つの有料老人ホームを見学した末にここを選んだ。もちろんいろいろな条件を検討した結果の選択だったが、ここには卓球室があるということも魅力の一つだった。昔、教師になる前の六、七年の会社勤めの間に、私は散々卓球をやっていた。教師になってからは、運動施設・用具は生徒のためのものであり多忙でもあったから、あまりできなかった。それがここでは入居者のためにあるのだから、うれしくてたまらない。

「ホイ、……ホイ、……」

と機嫌よく球を打っていた話好きなFさんが、ラケットを台に置いて、身振り手振りを交えておしゃべりを始める。台の向こうの相手は、それを聞きながらポカンと待っている。いかにものんびりした老人ホームの卓球風景と言えばそれまでだが、私はどうもこれが我慢できない。

「Fさん！　卓球をやるならやる。しゃべるなら次の人と交代してからしゃべってよ！」

気心の知れた者同士だから、これで気まずくなることもない。

メンバーはかなり変遷してきた。現在の七名の内で最古参で最年長なのは私だ。技術面では適度なさじ加減で相手をしていると、七十代の初心者でもぐんぐん上達する。あとは熱心さの問題で、ある程度までになると仲間同士でいくらでも切磋琢磨《せっさたくま》できる。私は入居当初、やりすぎて体をこわしかけたので、いまは金曜の晩だけやることにしている。

しかし今年六月に入部してきたMさんは、学生時代に卓球部だったそうで、さすがに球の質が違う。〈適度なさじ加減で〉などと偉そうなことを言っていた私だが、こちらが加減されている感じである。

「あなた、レインボーの見学に来たとき、卓球室があることをかなり意識したでしょう？」

と聞くと、やはりそうだと言う。いい人が入ってくれたものだ。

さらにその後入居・入部してきたN氏の球は、強いだけでなく、あのようなのを重い球というのだろう。こちらも必死でやるし、先方も一生懸命なので、汗だくになる。私は骨粗鬆症だから、これで転んで骨折でもしたら物笑いの種だ。しかしお互いにいい歳なのだから、自分の体への〈さじ加減〉はわかっている。それにしても楽しいひとときである。

一つ言い忘れていることがある。それは私たちは試合はしないということだ。十分ずつとか時間を決め、できるだけ次々違う相手と当たるように譲り合ってラリーを続けている。何かの試合に出るとかいう目標はなく、ただ楽しみながら健康のため、と思ってやっている。だから待ち時間には卓球室を出て、体育室を歩いて万歩計の歩数を伸ばしたりもする。

到来物のお菓子や果物がたくさんあれば、この機会にみんなと分けたりするのもうれしいし、Ｆさんも最近はラケットを置いてまでおしゃべりすることもなくなった。

〈さじ加減〉で思い出すのが、教師時代の生徒の副教材（英語の読み物）選びだ。生徒は難しすぎると諦めるし、易しすぎると馬鹿にする。ちょっと頑張れば分かる程度が適度なのだ。このさじ加減は、この世の中の多くのことに当てはまると思う。それともう一つ、それを続けることだ。

卓球は、自分にも相手にも適度なさじ加減を保ちながら、できるだけ続けてゆきたいと思っている。

（二〇一六・一一・六）

親善卓球大会

平成元年、私が開園三年目のレインボーハイツに入居したころ、園内にはいろいろなサークルがあった。日舞・民踊、俳画、手編み、社交ダンス、カラオケ、コーラス、日本画、書道、詩吟、茶道、英会話、卓球、ヨガ、しばらくして俳句、太極拳、などだ。他に、事務局主催でグラウンドゴルフ大会が隔月に開かれていて、これは面白かった。時は移り、現在存在するサークルは、カラオケ、コーラス、卓球、詩吟、ヨガぐらいと、種類は減っている。事務局主催では、年三回のお茶会と、週一回の健康体操があるが……。

サークル活動が減ったのは、世のなかの高齢化が進み、いろいろなタイプの老人ホームができるにつれて、ここの入居者が減少し、また高齢化してきたためと思われる。

そんななかで先日、私にとっては実に楽しみな、開園以来初めてのイベントが開かれることになった。事務局主催の〈レインボーハイツ親善卓球大会〉だ。昨年入居したスポーツマンのN氏が火付け役で事務局も大層乗り気となり、参加者を募集すると、入居者六名、職員二名の申し込みがあった。

六十数年前、初めて社会人となり、東京で独り下宿をして通勤していた会社での卓球大会を思い出す。会社内の卓球人口は二百人を越えていたのではないかと思う。その技量によって全員がＡＢＣＤの四ランクに分けられ、新入社員はまず全員がＤクラスだった。私は二度目の大会からＣに上がれたけれど、その後六年間の在社期間中にＢにはついに上がれなかった。もちろん男女の区別はない。Ｂクラスに女性が一人だけいたが、あとの女性社員はすべてＣＤクラスだった。

特筆したいのはその試合方法だ。大会期間中になると、ＣＤクラスの者には午後の勤務中に社の卓球室から順次呼び出しがあり、Ａクラスの数名が審判などするなかで、粛々と試合をし、終わればすぐに仕事に戻るのだった。Ｂクラスはどうだったか覚えていないが、Ａクラスの試合は別で、卓球大会として特別に時間をとり、われわれも見学できた。まだ白黒テレビもない時代で、その息詰まるような試合を夢見心地で眺めたものだ。

それは、仕事の能率をあまり下げることなく、やる気だけを高めるうまい方法だったのだと今にして思い、懐かしんでいる。

ともあれ〈レインボーハイツ親善卓球大会〉の日はやってきた。体育室に運び込まれた卓球台の周囲には、観客用の椅子も並んでいる。

午後一時、若い新園長の挨拶に始まって、まずはみんなでラジオ体操。壁には数日前にくじ引きで決まった八名のトーナメント表も貼ってある。

私の初戦の相手は四十歳代の男性職員だった。入居者ならふだん一緒にやっているから見当はつくのだが、職員は分からない。しかし幸い、二ゲーム（一ゲーム十一点制）先取して勝つことができた。

次の相手は本命のN氏だった。これは最初から勝ち目はないと思っていたが、一ゲームは取れたのでよしとしている。相手の強打を何度か拾い続けたときにはずいぶん拍手をもらって、いい気分だった。

後半の四人のなかでは、ケアマネジャーのOさんが二勝して、決勝でN氏と対戦、予想通りN氏が優勝した。

怪我人もなく、審判役の職員、観客、競技者、共々に終始良い雰囲気のなかで時を過ごすことができて本当によかった。そして暗黙の内に〈またやりましょう〉という気持ちを共有することができた。

このところ事務局が頑張って、また入居者が増加傾向にあり、中断している〈グラウンドゴルフ大会〉も今年は再開されそうなので、今からもうワクワクしている。

（二〇一七・二・三）

絵手紙教室

〈ご一緒に絵手紙を楽しみませんか〉との勧誘文で、額に入れた三枚の葉書絵が掲示板に紹介された。

目刺し、クロワッサンに檸檬《レモン》などを葉書に写生して、水彩絵の具でほどよく色づけし、ペンで輪郭もきちんと入れている。いかにもすがすがしく、私の好きなタイプの絵だ。

呼びかけ人は、比較的新しい女性入居者で、気さくなOさん。

私も描きたいなあ、でもこれ以上忙しくなっても困る。しかし、やるとしたら、これが最後のチャンスかも……と思った。

子どもの頃から絵を描くことは好きだった。結婚後も油絵を少しやったが、油の臭いが部屋に立ちこめるのを夫に嫌われて、きっぱりやめてしまった。

レインボーハイツに入居した当初には、外部から俳画の先生が来ていて、しばらくそのグループに参加してやっていたが、これも妙な経緯でやめて、もう四半世紀がたつ。

その経緯とは、こうだ。

あるとき「今日は〈さくらんぼ〉です」と言って、先生は自分の描いた絵を見せるのだが、どうもおかしい。蔕《へた》がついているのだ。トマトじゃあるまいし、

「さくらんぼに蔕はありません」

と指摘すると、

「でも私の先生も、こんなふうに描いていました」

と澄ましている。実物の写生に基づかず、自分の習っている先生の絵をそのままねて受け売りをする、この先生のやり方に嫌気がさして私はやめたのだった。

その先生も今はもう故人である。

そんな過去を思い出しながら、Oさんの魅力的な絵を何度も見ているうちに、だんだんやりたい気持ちが強くなってきた。

そこで第一回の集まりに出てみる。Oさん、私を含め、五人が集まった。

何よりうれしかったのは、そしてそれは当初から思っていたことだが、入居まもないOさんが、こうして皆に呼びかけて絵手紙教室を開こうとする、その積極性だ。しかもその絵が、私の好きなタイプときている。

Oさんは画材として、黄色いパプリカと縦二つ切りにした緑のピーマンを持ってきた。それも描きたかったが、席の関係で位置が遠かったので、私は例によって連れ歩いているスヌーピーの縫いぐるみを描いた。

日本画の経験のある人は、さすがにうまい。初めての人にはOさんがなにくれと手引きをしている。淡い色から先に塗るとか、白という色は使わずにその部分を最初から残しておくとか……。Oさんも描く。やはりうまい。事務室から女性事務員が時々のぞきに来る。楽しいひとときだった。

第二回目のときに私が持参した画材は、木目込《きめこ》みの鴛鴦《おしどり》に、どこかの外国の木鶏の小さな置物だ。Oさんがさくらんぼを持ってきたのには一瞬ハッとしたが、あの蔕《へた》付きさくらんぼの話はあえてしなかった。

二時間で、木鶏、鴛鴦、さくらんぼの三枚の葉書絵をやっと仕上げ、落款を押すと、ちょっと様になって、達成感も湧いてくる。部屋に帰ってからカラーコピーしてみると、色は少しくすむけれど我慢できる程度で、何枚でもできる。だから昔のように、気に入った絵の葉書を使い惜しみする必要もなさそうだ。

これ以上忙しくなっても困ると思いつつ、やっぱり葉書絵の魅力にとりつかれてしまった私だった。

この秋の〈趣味の作品展〉では、私たち〈絵手紙教室〉の作品が、会議室の壁面を飾ることになるだろう。

（二〇一七・五・二九）

猫の香炉

「あら、お線香、使っていいんですか?」

すべてはそれが始まりだった。

十二月初めの絵手紙教室のときだ。私は京都でたまたま手に入れた、かわいい猫の形の香炉を皆に見せ、それを使っているところを写生した私の葉書絵も披露していた。

その人は入居のとき、ろうそく・線香類は禁止と聞いていた、と言うのであった。

ハッとした。彼女は比較的新しい入居者だ。私は入居してもう三十年近いのだが、炎の出る火は使用禁止と承知してずっと過ごしてきた。だから仏壇のろうそくは電池式だが、線香は使っている。しかし入居の時期によって、条件が違うというのはおかしい。もしかして、私が間違っていたのかもしれない。

正面を向いてきちんとお座りをしているその陶器の猫は、高さは八センチ余り。赤い首輪をした三毛猫で、いかにも気持ち良さそうに目をつむっている。中はがらんどうで、腰の辺りに二つの空気穴があり、両耳にも穴が開いている。

皿の上の線香立てに短い線香を立て、この猫をかぶせると、両耳から細く、ゆらゆらと煙が立ちのぼる。心なしか猫自身も、体内のほのかな温もりに満足して、ますますうっとりとまどろんでいるようだ。

早速、画仙紙葉書に写生して水彩絵の具で色づけをする。店でこの猫を見つけたとき、確かに私は、香炉としてよりも、絵手紙の画材として買ったのだが、それは猫型の香炉だからこそ面白いので、耳からゆらゆら立ちのぼる煙も描き込んだ。

絵手紙教室で皆に見せたのはこれだった。

「ろうそくとかカセットコンロみたいな、炎の出るものは禁止だけど、線香は構わないはずよ」

そのとき私はこう答えて、話は終わりになったけれど、本当はどうなのか、その後ずっと気がかりだった。しかし、なまじ事務室で気楽に尋ねて、「線香も駄目ですよ」などと言われたらやぶへびで、時々香を焚く私の楽しみが奪われてしまう。

それでも、香炉として使われている猫をあえて人に見せることもあるまいと思い、あの絵手紙教室の後で、私は猫の絵の煙の部分を消した。――その猫は置物としてだけでも充分かわいいのだから。

年末年始の慌ただしさが過ぎたある日、やっぱり線香の件は、この際はっきりさせておいたほうが良いと思い、機会をみて、常務取締役のO氏に聞いてみた。

「いや、禁止とは言っていません。『ご遠慮ください』なんです」

と、新しい〈管理規定細則〉を見せてくれた。平成二十九年十月改訂版である。いわく、『ロウソク・線香類は、火災の恐れがありますのでご使用はご遠慮ください。（電池式ロウソク・線香をご利用頂きますようご協力お願い致します。）』

「だからこれをその人は禁止と取ったのでしょう。それはそれで、いいんですが」

結局私たちは双方とも間違ってはいなかったので、一応ホッとした。しかし私は、電池式線香というものが、あることさえ知らなかったし、これからはもっと遠慮しなければ、と思った。

でも時々は、耳から煙をくゆらせながらまどろむ猫の姿も眺めたいものだ。

私の気持ちを知ってか知らずか、香炉の猫が薄目を開けて、ちょっと笑ったような気がした。

（二〇一八・二・三）

私のおもてなし

東京オリンピック二〇二〇まで一千日を切った。ぜひそれまで元気に生きて、テレビ観戦を楽しみたいものだ。招致キャンペーンの折の「おもてなし」の合い言葉を思い出す。いい言葉だなぁと、改めて思う。

オリンピックを楽しみに待ちながら、私も、せめて周囲の人に喜んでもらえることをしようと、しおらしいことを考えている。

さしあたっては、毎年十一月に一週間に渡って開かれるレインボーハイツの〈趣味の作品展〉だ。例年私は、書の軸や色紙、短冊などを出展しているだけだが、今年は絵手紙（葉書絵）もある。五月に発足したこのグループは、五名が五、六枚ずつそれぞれ自分の作品を出展する。一メートルほどの細長い布に縦にそれを留めつけ、高低差をつけて葦屏風にぶら下げ展示してみる。やはり先生のOさんのはさすがにあかぬけているが、みんな、かなりの出来映えで、見応えがある。

私はどれを出すか迷った末に、豚の貯金箱《ピギーバンク》、巻き貝二つ、チューブの絵の具、唐三彩の馬、木彫りの土佐犬、コスモスの六枚を出した。

さてこれからが私の〈おもてなし〉である。つまりこれとは別に私個人からの〈お楽しみ箱〉を置くのだ。中には今までに描いた三十三枚の葉書絵をそれぞれ三枚ずつカラーコピーしたものが入れてある。

〈入居者および職員の皆様へ――ご希望の方はお一人様二枚にかぎりご自由にお持ち帰りください〉とのコメントを側に添えた。

この企画を思いついた当初から、これはうまくいくぞと、私は意気込んでいた。しかし前日の飾り付けのときに持ち込まれた、新しい入居者や職員たちの玄人はだしの作品の数々に、度肝を抜かれることになる。

油絵・日本画は言うに及ばず、びっしりと縫い取られた刺繍作品、美術工芸盆栽、翁の面、他に細かい手芸の数々だ。例年どおり、写真、ちぎり絵、編み物、(私の)書、それに流行の大人の塗り絵もある。

「えっ、これ本物じゃないの？」

と思わず口にする五葉松の盆栽は、触れてみて初めて美術工芸作品と分かるほどで、皆が感心している。

係の職員も、「今年はすごい！　この調子なら来年は二回に分けて展示しようかな」などと言い、私のせっかくの〈おもてなし〉もかすんでしまいそうで、ちょっと不安だ。


十一月一日、〈趣味の作品展〉初日である。

朝食の食堂の帰りにわくわくしながら会場の会議室に寄ってみると、何と私の〈お楽しみ箱〉の前で五、六人がわいわい言っている。

「あ、これ、かわいい！」

「わたし、これにしよーっと」

よかった。喜んでくれている！

期間中、私は度々会場をのぞいた。いつも静かな老人ホームのことだから、無人のことも多いが、お楽しみ箱の中身はどうやら減っているようで、三日目の夕方に数えてみると、百枚近くあったのが四十枚ほどになっていた。早速人気の絵柄のものを二十枚プリントして追加しておいた。

「来年は戌年だから、これを頂きましたよ」

と見せにくる方がいる。木彫りの土佐犬と、スヌーピーのリボンちゃんであった。土佐犬は内心一番うまく描けたと思っていたので、逆に（お目が高いな）と感心してしまう。

食堂で会って、柿と内裏雛をもらったと報告してくれる人、廊下でお礼を言ってくれる人、などなど。そして最後の日には箱に五枚が残っているだけだった。

どうやら私の〈お楽しみ箱〉は今年の素敵な趣味の作品展の一翼を担うことができたようで、うれしい限りだ。カラープリンターのお陰と言えばそれまでだが、来年もまたやろうかな、と考えている。

（二〇一七・一一・八）

〈八十路〉考——言葉とその意味

ある日届いた大学の同窓会報の片隅に、唐突に〈八十路は八十歳の意味です〉と書かれてあった。それが何を意味するか、私にはすぐ分かった。

その数カ月前に私は『八十路の初詣』という自分の随筆集を同窓会本部に寄贈していた。それを読んだ役員の誰かが、〈八十路〉の使い方に疑問を持ち、こういう形で私の注意を促したに違いない。

驚いて辞書を引いてみる。明鏡国語辞典もデジタル大辞泉も〈八十。八十年。八十歳〉の意味しか載せていないことにまた驚いた。私は八十歳代（の人）の意味で使っていた。路は道だから、十年の線ではないか？　峠なら点だけれど、と。

それにしても大変なことになってしまった。五十六編の随筆のなかの一つである〈八十路の初詣〉をこの本のタイトルに選んでくれた出版社にもこのことは話した。しかし「ぼくも、八十歳代のつもりで読んでいました」とのことであった。

しかし辞書にはその意味が書いてないのだ。校正はずいぶん注意して頑張ったつもりだったが、肝心の本のタイトルでこんなことになってしまい、しばらくはげっそりと力がぬけていた。

今にして思えば、あのときもう少し頑張って辞書と格闘していれば助かったのだが、どういうわけか、そのままずるずるといじけた状態で過ごしてきたのだった。

でも、どうもおかしい。随筆の先生クラスの人が、私が思っているのと同じ意味で、この言葉を使っている。

〈いずれ七十路から八十路に彼女は入ってゆくわけだが、その雲の上への道を……〉

これは『八十路の初詣』の五年前にまとめた『雲の上の寺』という私の随筆集の序文で、今は亡き伊勢田史郎先生が使われた表現だ。また、

〈これはまさに〝八十路はまだ壮年期〟と言い替えることができる〉

野元先生が『八十路の初詣』の序で使われたこの表現でも、八十路は明らかに八十歳代を指していると思われる。

一般に言葉というものは、ある意味で使われ始めてそれが普遍化すると、それが正しい意味になる。だから、八十歳代を意味する八十路もう市民権を得ていると考えたらいいのだと思うことにした。


そのように考え始めて二年ほども経ったある日のこと、ふと、〈路〉だけを辞書で引くと、見つかった！　その三番目の意味として、《十を単位とする数字に付いて》その年齢であることを表す。という項目があったのだ。しかも〈八十路〉に〈八十歳代〉の意味が出ていなかった明鏡国語辞典だ。デジタル大辞泉には、やはり三番目に、
十年を区切りとする年齢を示す。…十代。「四十―（よそじ）」

とあった。

最初から路だけを引けばよかった。しかし峠は点だけれど路は線だから長いはず、と私が感じていたのは誤りであった。

〈やそぢ〉の〈ぢ〉は〈はたち〉の〈ち〉と同原で、路は当て字のようである。

ところで私が〈八十路の初詣〉の随筆を書いたのは二〇一一年であった。八十歳の私と八十五歳のKさんが能勢電車の多田駅から歩いて多田神社に初詣に出かけた話である。Kさんは〈姿勢もよく足取りもしっかりしていて、到底八十路半ばの女性とは見えない〉と書いているが、それは何と九十三歳の今も同じで、私もこれにあやかり、負けずに頑張ろうと思っている。

（二〇一九・二・七）

Ⅲ　暮らしのなかで

本日女子入浴日

「今日は女風呂の日？」

ふと曜日を忘れて、こんな会話を交わすことがよくある。去年の十一月から、一階の大浴場は、日・水・金は男性が、火・木・土は女性が利用することになっている。

築二十九年目を迎えるレインボーハイツは、三、四年前から逐次、建物の改修が行われている。食堂の床と厨房の設備、エレベーター、ロビーの床と空調、各棟各階の廊下と壁、と進んで、現在は一階の大浴場にかかっている。

まずは女性用大浴場の改修だ。できあがるまでの間は男性用のほうを交代で使うのだが、一つ、とても心配なことがあった。

九十歳半ばで、体はとても元気なFさんというお爺さんがいる。無類の風呂好きで、夕方近くなると、その日風呂があるかどうかを確かめに、または湯加減をみに、何度も風呂場に通うという。通いなれた男風呂であれば、女性の利用日にFさんがヒョイと入ってこないか、――それは誰しも心配することだった。いくらこちらが婆さんで相手がお爺さんでも、それはやっぱり、困るのだ。

男風呂を女性が利用する最初の日、私はまずは様子をみてから、と思って行かなかった。

そして翌日、そっと聞いてみると、

「大丈夫よ。番台がいるから」

「えっ、番台？　脱衣場に？」

「うーん。廊下だから、番人だね。男の」

なるほど、と思った。やはり事務室では考えてくれている。臨時雇いだそうだ。

翌日から私も隔日に「こんばんは」と番人に声をかけて男風呂に通い始めた。帰りには「ご苦労さま」と挨拶することにしている。

初めて男風呂を利用した帰り、はたしてFさんと番人が廊下で押し問答をしていた。

後で聞いたところによると、この日、間違ってやってきた男性が、ほかに二人いたそうだ。

〈十二月二十七日に女性用大浴場の改修が終わります。新年は五日から男性用大浴場の改修にかかります。それまでの間はそれぞれ毎日ご利用になれます〉

との張り紙が出た。

二十八日、いつもの夕食前に、期待に胸を膨らませて女性用大浴場に赴く。

まずは入口のドアがスライド式に変わり、脱衣場から浴室への段差は一部斜面にすることにより、解消されている。

浴室は、ずいぶん広くなったというのが第一印象だった。それはジャグジーと普通の浴槽との間の仕切りを取り払って、洗い場に上がることなく自由に行き来できるようになったためだった。

「あらー、素敵ねえ。広くなったねえ」

「下手なホテルのお風呂より、このほうがよっぽど立派ねえ」

入ってくる人が、みんな喜んでいる。

その他の改良点は、洗い場から浴槽にかけて、一部ごく浅い段差の階段がつき、それに沿って新しい手すりもついたこと、また洗い場の壁に沿った五つのカランの間に、仕切りができたことだ。これで、隣の人のお湯がかかるという不都合も解消される。

「これで一つ、楽しみが増えたわ」

まったくその通りで、私もうれしくてたまらない。

現在、この素敵な女性用大浴場を、男女が交代で使っている。Ｆさんもそういう生活に慣れたのか、最近はお風呂のことで職員と押し問答をしている姿を見かけなくなった。午後四時から十時まで座る、廊下の番人については、最初私は毎日座るのかと思っていたが、女子の入浴日だけなのだそうだ。

男性用大浴場の改修が終わる予定は、三月七日だ。Ｆさんと共に、私たちもみんなその日を待っている。

（二〇一五・二・四）

カフェ・P

このところ、もう一年以上、日曜の朝食はカフェ・Pの〈モーニングB〉と決めている。大抵はKさんと二人連れで、店の南向きの窓際に差し向かいで席をとる。

小高いところにあるので、窓からは遠景に山なみ、中ほどには日生中央駅付近の建物や下の道路、手前には少し離れた隣の中華料理店の側面と裏庭の一部が見える。

「あ、いる、いる！」

猫のことだ。いつぞやはその料理店の外壁沿いの階段に、六、七匹もの白黒の猫がずらりと日向ぼっこをしていて驚いたものだ。

猫は全く見かけない日もある。裏庭の小屋の屋根やコンクリートブロックの塀の上に、一匹、二匹と見える日もある。雨降りの今日は、小屋の戸が開いていて、中に白黒の猫が数匹、団子になってうずくまっていた。

「やっぱり、あれは猫小屋やったんやねえ」

自家焙煎コーヒーとクラシック音楽が売りのこの店は、レインボーハイツからほんの二分のところにある。マスターは大阪の某高校の音楽教師を少し早めに退職された方である。


ＬＰ盤のレコードプレヤーもあるから、私は思い付いて、亡夫の遺品である数箱のクラシックのＬＰレコードを引き取ってもらったことがある。最近はかえってこういうレコードを喜ぶ人もいるそうで、本当によかった。


「はい、お待ちどおさま」

マスターが両手にそれぞれ〈モーニングＢ〉のお盆を持って、運んできてくれる。トーストにゆで卵、メインの長いソーセージ、野菜サラダ、コーンスープ、ヨーグルト。それに頃合いをみてコーヒーが出る。日曜の朝九時過ぎからの、このさわやかな朝食は、私にとって今や至福の時となっている。

マスターは、ご自身の高校教師時代の日記風の随筆を本にして、店に置いている。コーヒーをゆっくり飲みながら読んでいると、自分の教師時代とも思いが重なって、とても面白い。それで私がこの四月に『八十路の初詣』という随筆集を上梓したとき、マスターにもこの店の客にも読んでもらいたくて謹呈すると、他の雑誌類と共に書棚に並べてくれた。

更に六月七日の神戸新聞に書評が掲載されると、――その日は日曜で〈モーニング〉を食べに行ったときにそのことを伝えると、マスターはうれしいことをしてくれた。

後で分かったことなのだが、書評のコピーに〈楢崎秀子さんは伏見台にお住まいの方です〉と書き添えて、本と一緒に今度はカウンターに置いてくれたのだ。

多分そのおかげで、数週間後の日曜日には、店に長く座り込んでこの本をとても熱心に読んで帰った女性が二人いると、マスターが話してくれた。しかも一人は、二五三ページのこの本を全部読み切って帰られたとか！

これには驚いた。一瞬、店にご迷惑ではなかったかと思ったが、やはりうれしかった。

ある日曜日には、店で、

「『八十路の初詣』読みました」

と言う婦人に出会った。偶然だったのか、それともマスターが私の来る時刻を伝えていたのかは分からない。

「まあ、ご近所にこんな素敵な方がいらっしゃるなんて!」

上品な中年のそのご婦人は、そう言って褒めてくれて、おもはゆい思いをしたものだ。

いつもの日曜なら、Kさんと私が〈モーニング〉を終えるころまでに、三、四人の客はあるのだが、今日は雨降りで最後まで二人きりだった。外を見ると、白黒模様の猫たちは小屋の中でもつれ合って、何匹いるか分からない。

次の日曜もまた、Kさんと私は、この椅子に座っているだろう。

(二〇一五・九・一〇)

私のスーパームーン

夜中、ふと目覚めた。三時過ぎだ。

バルコニー側のガラス戸から月光がさしこんでいる。それを期待してあえてカーテンは閉めずにおいたのだった。

わくわくしながらバルコニーに出て月の写真を撮る。十六夜のスーパームーンとは言え中天にかかるとやはり小さい。それでもしばらく、雲間に見え隠れする月や隈《くま》なき月を数枚、なんとかカメラに収めた。

虫の音も八階まで快く聞こえてくる。

それから部屋に入り、ガラス戸の側に昼寝用の小さい布団を敷いてタオルケットにくるまり、しばらくはうっとり月を仰いでいた。

昨日は私の誕生日だった。そしてちょうど月一度の通院日に当たっていた。別に具合が悪いわけではなく、いつもの薬をもらうための通院だから、主治医とも気楽に前夜のスーパームーンがきれいだった話など、あれこれ世間話をした。

「八十五歳で薬が四種類なら結構ですね」と先生に褒めてもらい、看護師さんたちにも「おめでとう」と誕生日の挨拶をもらって私はご機嫌で帰ってきたのだった。

そんなことを思い出しながら月を眺めていると、ちょっと気づいたことがある。月の近くの雲はその光で白く見えるのだが、黒っぽく見える部分は、最初私は昼間なら青空に当たる部分とばかり思っていた。しかし月より手前にある雲も、こちらからは黒っぽく見えるわけで、それは月にかかって初めて、あれ、雲だったのか、とわかるのだ。考えてみれば当然だが、〈月にむらくも〉の光景は、風情があって妙に心にしみた。

右目で見る月と、左目で見る月とでは、色が違う。右目の月は真っ白で、左目の月はオレンジ色、しかも周囲にかすかな輪が見える。これは私が右目だけ白内障の手術をしているためで、普段は両目で見るからその中間色だ。しかし〈本当の色〉はどちらなのだろう、と考えてしまう。

手術の眼帯を取って初めて見た景色に感激したのを思い出す。病院の窓から見る里山の緑が、ずっと昔の子どものころに見たような懐かしい感覚で迫ってきたのだ。とすると、この年齢では、人工の水晶体を入れた右目で見る色が〈本当の色〉なのかもしれない。


ガラス越しとは言え、先ほどからずいぶん月光を浴びている。そこでルーナティックの話を思い出す。ルーナとはローマ神話で月の女神の名、ルーナーカレンダーは、太陽暦《ソーラーカレンダー》に対して太陰暦のこと。そしてルーナティックとは、名詞なら〈狂人〉、形容詞なら〈狂気の、精神異常の〉という意味である。かつて月光を浴びると狂気を来すと考えられていて、この語がある、と学生時代に教わった。

日光を浴びることは、骨には良いが紫外線が困る。月光は、ルーナティックの話などにもかかわらず、何かロマンティックで、昔から私は大好きだ。

その夜はやがてベッドに戻り、七時過ぎまでぐっすり寝てしまったのだが、早起きした人の話では、山の端に沈む月がとても大きくてすばらしかったとのことだ。見そびれて、惜しいことをした。

その代わり、夜中にデジカメで写した月をいくつか拡大トリミングして、かなり気に入ったものができたので、プリントが楽しみだ。

そしてこれは、珍しいスーパームーンと、まずは健康な私の八十五歳の誕生日が重なった、〈スーパーバースデイ〉のささやかな記念になるだろう、と期待している。

（二〇一五・一〇・二）

出張撮影会

「こんなの写す人、いるのかねぇ」

「三万円も出して、アホくさ」

ヘアメイクや化粧もしてくれて、園内の希望の場所で写真を写す、との掲示を見たときだ。大阪の某写真館がレインボーハイツに出張してくるという。そして、私もこんな会話を交わしたなかの一人だった。
二、三日このことは忘れていたが、何度かその掲示を眺めながら過ごすうちに、〈待てよ、こんな経験も面白いかもしれない〉と思うようになった。当然、自分の告別式用に、という思いもあった。折も折、夕食の食堂で同じ思いの二人の女性に出会い、事務室に申し込んだのだった。結局申し込んだのは四名で、十二月六日がその実施日と決まる。

さて、その当日、私に割り当てられた時間の十三時十五分〜十四時四十五分は、ちょっとしたハプニングで始まった。まず園内の理美容室に来るように言われていたから、私は三万円という費用から推察して、ヘアメイクには洗髪も含まれていると確信していたのだ。しかしそうでないと分かり、私は業者を待たせて憤然と部屋に戻って自分で洗髪してからヘアメイクにかかってもらったのだった。

化粧も大したことはない。最初顔剃りを頼んでみたが、それは含まれていないという。ただ目の周囲だけは、私がふだん無縁なアイラインを入れたり念入りだった。それにしても額入りとは言え、四つ切り一枚、キャビネ一枚の写真に三万円は暴利ではないか、と、どうも気分がすっきりしない。

いよいよ撮影にかかる。私は黒とグレイの変わり格子縞の上着に黒のタイトスカート姿だ。まずは園内の応接室へ。

驚いたのはカメラマンやその助手たちの服装だった。こういった人たちは、動きやすいジャンパーのような仕事着が普通と思うが、今日の三人の中年の男性は、揃って紺色のスーツでビシッときめている。撮られる人を改まった気持ちにさせるのが狙いなのだろうか。

最初はサイドボードの前に立って、次は安楽椅子に腰かけて、何枚も写した。足の位置、体の向き、顎を引くこと、背筋をのばすこと、もっと笑顔で、などの指示のなかで、やっぱり私は笑顔が苦手だった。

しかし紺のスーツの男性が、パラボラアンテナのような大きな白い反射板を掲げ持つ姿は、ちょっと異様で面白い。

それから場所をロビーに移して、さらに十数枚も写しただろうか。写されながら、だんだんと和やかな気持ちになってゆく自分を感じていた。こんなに細かく気を配ってもらって写真を写すのは何年振りだろう。もしかしたら五十五年前の結婚式のとき以来かもしれない。あの三万円は、正にこの費用だったのだと納得した。彼らは誇りを持って仕事をしている。シャッター音を聞いたのは、四、五十回にもなろうか。

最後に写真館の女性職員と一緒に、パソコンの画面に映し出された四、五十こまの映像のなかから、気に入った二つを選び出す。写すとき、ずいぶん「笑顔で」と言われて苦労したけれど、あまり笑い過ぎているのは私らしくないのでやめて、少しだけ笑っているのを選んだ。さすがに〈餅は餅屋〉で、よくできていると思う。写してもらってよかった。

私の人生が今後どれほど続くかは不明だが、これをもって私の最後の肖像写真にしたいと思っている。

出来上がりは年が明けてからになるそうだ。

（二〇一五・一二・七）

ちょっと大人のクリスマス

日曜ごとにKさんと〈モーニング〉を食べにゆくカフェ・Pでは、毎月のイベント予定をプリントして置いている。

十二月では、二十五日の〈ちょっと大人のクリスマス〉というのが目に止まった。〈歌声喫茶〉〈日曜午後のティータイム演奏〉〈マスターの音楽講座〉などあるなかに、

その日は午後一時から室内を少し暗めにしてランプの灯りで雰囲気を出し、クリスマスにぴったりの落ち着いた音楽をBGMとして流すそうだ。そして四時ごろその場にいる人たちで『聖夜』を合唱するという。

行ってみよう。賑やかなクリスマスパーティーはもう敬遠するけれど、なじみのカフェで一時間ほど、独り静かにこんなときを過ごすのは新鮮で、楽しいに違いない。

最初独りで行くつもりだったが、親しくしている隣のSさんがその日は在宅とのことで、誘ってみると同行してくれるという。Sさんはクリスチャンで、日曜には教会に行くから〈モーニング〉には誘えないし、いい機会だ。

三時二十分ごろロビーで待ち合わせて、二人で出かける。三十席ほどあるカフェ・Pが、この地味なイベントの時間帯にどの程度の混み具合か見当がつかず、ちょっと心配だ。

しかし入ってみると、いい塩梅に先客は七、八人で、私たちは一番奥の席に向かい合って掛けることができた。クリスマス限定のいちごショートケーキにコーヒーを注文する。

室内は窓のブラインドが七分ほど下ろされてほの暗く、静かなBGMが流れている。それは、今朝早くたまたま目覚めて聴いたラジオ深夜便のクリスマス曲のなかにもあった曲の数々だ。部屋の中央辺りのテーブルにキリスト誕生の馬小屋周辺のジオラマがちょこんと置かれているのが、いかにも可愛らしい。カウンター奥の棚にはコーヒーカップにグラス、それにいろいろと洋酒のボトルが並んでいて、いつもながらいい雰囲気だ。

ケーキもコーヒーも美味しかったけれど、そのときSさんとどんな話をしたのか、不思議なことに何も覚えていない。

三時五十分ごろだったか、マスターが『聖夜』の歌詞を客のみんなに配る。それには三番まで日本語と英語が併記されていた。

「ハモってもいいですか」と私。

「ああ、どうぞ。ハモってください」

マスターがグランドピアノに向かう。

「今日は日本語でどうぞ」と言って、弾きながら自身でもメロディーを歌っている。私はアルトを気持ちよく歌った。そのとき客は十五名ほども居ただろうか。みんなよく声が揃っていた。満ち足りたひとときだった。

私たちより先客だった近くの席の二人の婦人も、「これを待ってたのよね」などとつぶやきながら、とてもうれしそうだった。

ぼつぼつ客が引き上げてゆく。私たちも席を立った。支払いを済ませたところでマスターに「珈琲くじをどうぞ」と言われて思い出した。この日の客には〈クリスマス珈琲くじ〉のお楽しみがあると、たしかイベント案内に書いてあったっけ。

まず私が細長い円錐状の小箱を振ると、横の穴から焦げ茶色のコーヒー豆が一粒飛び出した。それは来年三月まで有効のコーヒー二百円割引券であった。

次にSさんが振ると、赤い玉が出た。そして私と同じ割引券のほかに、コーヒーサービス券と特製のクッキーまでもらった。

「私、くじに強いの。昔鏡台が当たったこともあるのよ」

と、Sさんは楽しそうに笑っている。

その帰り道で、なんとそれらの券もクッキーも、全部私にくださったのだ。

これらの券を持って、今度は誰と一緒にカフェ・Pに行こうかと考えている。

カフェで歌う聖夜に点る心の灯　秀子

（二〇一五・一二・三〇）

餅ぬき雑煮

めでたさは餅なし雑煮の長寿かな

「こんなの作ったのよ」

卒寿を過ぎたSさんが、紙片にこう書いて見せてくれた。「やっぱりちょっと、くやしかったから……」と。

この元旦、みんなそれなりに服装を整え、「おめでとう」の挨拶を交わしながら食堂で祝いの膳についたときのことだ。

「あら、お餅が入ってないわねぇ」

しかも、ふだんとは違う大きめの雑煮用の椀だというのに。

「餅がはいっとらんぞ」

と、腹を立てるお爺さんに、厨房の職員は、

「お餅は喉に詰めると危ないから入れてありません。白いご飯を召し上がってくださ
い」

それでもそのときは、海老の姿煮、数の子、黒豆、蒲鉾、煮しめ、チキンロールなど、うれしいご馳走がいろいろあったし、屠蘇《とそ》や熱燗の日本酒も飲み放題とあって、みんな上機嫌でゆっくり食事をし、散会したのだった。


午後、池田市の兄夫婦の家に年賀に出かけた。例年どおり子どもや孫も集まり、九人連れでわいわいと、真言宗釈迦院に初詣をする。帰って、二台のこんろで、水炊きをした。子どもや孫が鍋奉行をするから、八十七歳の兄もご機嫌で、「月に一度ぐらい正月があればいいなぁ」などと言っていた。私も家庭的雰囲気のなかでとても楽しかった。水炊きの最後にお餅を入れて食べた。食べながら私は、今朝のレインボーハイツのお雑煮が、餅ぬきだったことを憤然と話したものだ。反応は「へーぇ!」というだけだった

けれど……。

Sさんが冒頭の句を披露してくれたのは二、三日経ってからだったと思う。わが意を得たり、とばかり、私はその句をいじり始めた。

餅は入れようと思えば入れられたのに入れなかったのだから、〈餅なし〉ではなく〈餅ぬき〉ではないか。また、くやしくて作った句なのだから、いっそ〈くやしさは〉と言ってしまったほうが面白くはないか。

くやしさは餅ぬき雑煮の長寿かな

待てよ、これでは五・八・五になっている。伝統俳句では、上五はともかく、中七は絶対に守らなければならない。そこで、

餅ぬきの雑煮くやしき長寿かな

しかし〈くやしき〉では強すぎないだろうか。うれしいとか寂しいとかいう形容詞を使わずに、その感じを出すのがいいのだ。

餅ぬきの雑煮むなしき長寿かな

せめてこれぐらいに譲歩してはどうだろう。

句をいじる毎に、作者のSさんには相談してきた。Sさんは〈餅なし〉を〈餅ぬき〉に変えたときだけは大賛成だったが、他はどうもはっきりしない。

最後の手段として俳句結社うぐいすの同人である寿美子先生に、五つの句を全部見てもらうと、そのなかでは最後の句が一番いいけれど、と言って、さらに次のように添削された。

餅ぬきの雑煮となりし長寿かな

だが私は俳句の常道を踏み外してでも、あの無念さを強調するために〈むなしき〉は入れてほしい。Sさんはどちらの句を選んで、次の情報誌に投稿してくれるだろうか？
ともあれ、栄養部職員の老婆心から餅ぬきにされた雑煮を、園長も部長たちも一緒に食べて、二〇一六年が始まった。

（二〇一六・一・三〇）

バッグパイプとカホン

日本の胡弓の音色を少し賑やかにしたような響き——アイルランドのバッグパイプだそうだ。形はかなり違うが、その音色は聞き覚えのあるスコットランドのバッグパイプにも似ている。

今日は猪名川町町制施行六十周年記念の公民館フェスタの日だ。ステージの部ではわが混声合唱団リバーコールも出演するが、それに先立っての男性二人組のゲスト〈T〉による民族楽器の演奏が興味深かった。

楽器はバッグパイプ、ギター、フィドル、バンジョーなどと紹介されていた。それを二人が次々と持ち替えては、アイルランドの民謡やダンス曲を聴かせてくれる。楽器そのものももっと近くで見たいが、私たちも出演を控えて衣装替えの時間が迫っており、後方でその音を聴くばかりだった。

そんななかで、Tの一人がバッグパイプを演奏しながら客席の通路を歩いてくれたのだ。これはよかった。両脇の下に皮袋をかかえ、袋には確かに管も二、三本付いているが、どこから音が出ているか分からない不思議な楽器に見えた。十数年前、ツアーでエディンバラを訪ねたとき、街角でキルト姿の楽士が奏でていたスコットランドのバッグパイプより小さいし、形もずいぶん違っている。


その日は、自分たちの出演が済んでから他のグループの合唱も幾つか聴き、ちょっと展示も覗いてから帰宅した。しかしバッグパイプのことはずっと気になっていて、後日百科事典を調べてやっと半ば納得したのだった。

つまりバッグパイプの基本形は、管にリードをつけた笛を空気袋に取りつけたもので、袋を腕で締めつけてリードを振動させる楽器である。ただし袋に空気を送り込む方法としては、口吹き式とふいご式がある、とのこと。以前私がエディンバラで見たのは口吹き式、今回見たのはふいご式だったのだ。

もう一つ気になっている楽器に、カホンがあった。なじみのカフェ・Pの三月のイベント予定のなかにその名を見つけたのがきっかけだ。新企画で、〈カホンラボ――カホンについてもっと知ろう〉という。

「カホンって何ですか」

「カホンというのは、それです」

マスターが指さす先には、ちょっと腰掛けるのに都合のよさそうな、直方体の木箱がある。一つの面に丸い穴が開いていてその裏側が正面だという。屋根の平らな鳥の巣箱を大きくしたような感じだ。

カホンの演奏を一度間近で見聞したいと思い、当日私は一人でカフェ・Pを訪ねた。ところがコンサートではなく、ラボなので、カホンの打ち方を教えてくれるのだった。そして先生は、ふだんこのカフェでウエイターをしているお兄さんだ。生徒はこの近所の小父さん二名に、私を含めて小母さん二名。

カホンに馬乗りになり、それぞれ親指小指を除く三本の指で、下の正面の板面を打つ。打つ位置によって音が違う。八拍子《エイトビート》と、八拍子の埋め草《フィルイン》というのを習った。それぞれはすぐに覚えられたが、これが混じり合うと混乱する。

約一時間の面白い体験だった。それから生徒だった小父さんの一人と一緒にコーヒーを一杯飲んで別れた。

思えば私は、この年まで楽器というものは何一つ物にすることもできずに来た。残念だが、いまさらカホンでもなかろう。

その代わり、コーラスを楽しんでいる。コーラスはできるだけ続けたいと思う。

（二〇一六・三・一三）

＊カホン　ペルー発祥の打楽器（体鳴楽器）の一種。楽器自体に跨って演奏される箱型のもの（ペルー式と呼ばれる）を指す場合が多く打面が木製の打楽器である。

コーヒーカップ

「コーヒーにしますか、紅茶ですか」と聞かれれば「コーヒー」と答えるけれど、コーヒーはそんなに大好きというわけではない。ただ、コーヒーカップには興味を持っている。

昭和一桁生まれの私が子どものころ、何かの折にわが家にコーヒーカップセットの到来物があった。「このごろのコーヒーセットは五客なんですねぇ」と言った母の言葉が妙に頭に残っている。以前は六客、つまり半ダースが普通だったそうだ。

その真っ白な磁器は、真横から見ると跳び箱を仰向けたような梯形で、耳も角ばっている。カップの外面とソーサーには、上品な色合いで薔薇が二箇所に大きく描かれていて、そのモダンな雰囲気が私は好きだった。

しかし当時わが家にはコーヒーを飲む習慣がなく、そのままになっていた。それを私が結婚のときそっくり貰ってきて、いまも食器戸棚に納まっている。

六客揃ったコーヒーセットもあったが、それはわが家が祖父母と一緒に住むようになってから見たので、明治か大正のものだろう。——祖父は慶応三年生まれだった。カップは小振りで撫子《なでしこ》を図案化したような模様がプリントされていて、おとなしい感じだ。

このセットも後に私が貰ってしまったのだが、うち三客はその後、レトロな陶磁器大好き人間の義弟の奥さんにあげてしまった。残りはやはり食器戸棚の奥にしまってあるが、今となっては骨董的価値さえありそうな気がして大切にしている。何しろ糸底には、商標を半円形に囲むように右から左へ〈東洋陶器會社〉と書いてあるのだから。

コーヒーカップを自分の好みで選んで買い、食器戸棚に飾るようになったのは、現在の老人ホームに入ってからだ。おかしなもので、それは食器戸棚の置き場所にもよる。高松で結婚し、やがて寡婦になり、独りマンションに住んで定年近くまで勤めたけれど、その間ずっと食器戸棚は台所にあって、食器置き場に過ぎなかった。現在のホームは台所が狭いので居間に置いている。ガラスの扉だからちょっと飾りたくもなるのだ。

鳴海製陶のコーヒーカップはお気に入りだ。ちょっと台付きで飲み口が反っている形もいいし、ブルーの濃淡と金だけで描かれた図案化された野薔薇の模様も、何とも上品である。

ウイリアム・モリスのデザインを絵付けした筒形のコーヒーカップは、蓋付きであることも面白いし、デザインを選ぶ楽しさがあった。私のはバチュラーズ・ボタンと名のついたデザインで遠目には淡いブルーの印象だ。

熟した柿の色のようなデミタスカップ二客は、高松に住んでいたとき、夢心地で陶磁器専門店の売場をさ迷ったあげく、どうしても欲しくなって買ったものだ。

他にも、旅先でちょっと気に入って記念に買った一点ものが、幾つかある。

平成七年一月の阪神淡路大震災では、私の住む猪名川町は震度五であった。わが家では観音開きの食器戸棚の扉が開いて、手前の方に並べてあったお気に入りのコーヒーカップ類がかなり落ちて割れた。ほかは、冷蔵庫の扉が開いて中の物が転がり出たとか、本箱が倒れたとかの軽い被害で済んだ。

壊れた陶磁器は、ちょうどバケツ一杯分あった。けれども好きなコーヒーカップ類は、三客ずつ、または二客ずつ買っていたが、不思議なことに、同種のものが一客ずつは皆残っていたのである。品番をメーカーに言って買い足す気は全くなかったし、シンプルライフを目指す今もこれで充分だと思っている。

さあ、コーヒーをいれよう。「大好きというわけではない」などと言っていないで、シンプルライフを心豊かに過ごすために……。

（二〇一六・四・一〇）

餅のかたち

二越縮緬《ちりめん》の新調のブラウスにコサージュなどつけてちょっぴりお洒落をすると、気分も浮き立ってくる。廊下で会う人ごとに新年の挨拶を交わしながら、元旦の食堂に出向く。

今年はどんなお雑煮か、餅（？）はどんなかたちで入っているか、という期待もあった。

去る十二月の中ごろ、喉に詰めるといけないからとの理由でその年のお雑煮が餅ぬきだったことを思い出し、私は投書をしたのだった。――老婆心と言われるかも知れないが、団子でもいいから、来年は何とか工夫して餅らしいものを入れて欲しい、と。

そしてその数日後、団子をあらかじめ蒸してから入れるなど工夫して、ご期待に添えるようにすると、返事をもらっていたのだ。

ふだん食堂を利用しない人たちも、今日ばかりは大勢集まって賑やかだ。Sさんはじめ、なじみの四人で窓際の卓を囲むと、やがてそれぞれに盆が運ばれてくる。盆には晴の日だけに使う一人用の二段の重箱に大きな汁椀。屠蘇や日本酒はカウンター横のテーブルに用意されていて、自由に飲める。

海老の姿煮、数の子、黒豆、豚の角煮、などのおせち料理もうれしいけれど、Sさんと私は、まずは白味噌仕立ての汁椀の中身を探る。Sさんは昨年こんな句を詠んでいる。

餅ぬきの雑煮むなしき長寿かな

「あら、これ？」
「あ、ほんとだ。あった、あった」
と言うほど、ようやく見つけた団子ではない本当のお餅！　しかし、ビー玉大の小さ

おせち料理。ビー玉大の餅入り雑煮も。

なお餅が二個であった。

頑張り屋の管理栄養士の顔が頭に浮かんだ。レインボーハイツの入居者の平均年齢は、今や八十六歳だ。九十歳代の人たちもかなりいる。皆に安全に喜んで食べてもらいたいと願った末の、ビー玉餅雑煮だったに違いない。私たちは笑いながら、楽しくこれをいただいた。

一方、とうとう私もここまで来たか、と感慨深い自分がいる。

子どものころ、関東では餅は切り餅だった。もろぶたという箪笥《たんす》の引き出しを薄くしたような木箱に、搗いて一センチほどの厚さに延ばした餅を入れ、数日してやや固くなりかけた頃合いをみて、これを食べやすい大きさの矩形に切り分ける。これは父の役目だった。

炭火で焼いて一旦さ湯に浸け、砂糖入りのきな粉をまぶして食べる、いわゆるあべかわ餅が私は好きだった。

結婚後二十九年間香川県に住んだが、高松ではお雑煮は餡餅だ。これが意外においしかった。関西は一般に丸餅で、レインボーハイツでさえ、平成二十二、三年までは園の行事として餅搗きがあり、その日は昼食に搗きたての餅を食べ、さらに追加の餅が配られたりもしていたのだが……。

いずれにせよそれらの餅は、誰もが想像する普通の大きさの餅だった。それが昨年〈無〉になり、今年はビー玉大に復活したのだ。やはり喜ばしいことに違いない。

つくり手の願ひいただく雑煮かな　　秀子

けれども私は、元旦の午後、今は故人となった兄の家を訪ね、兄の家族と一緒に水炊きをつつき、大きな餅を入れて食べた。わが家の冷蔵庫にも普通の大きさの餅が、常に冷凍して確保してある。

もちろん食べるときは、自己責任において充分注意して食べている。
（二〇一七・一・五）

ぬいぐるみなど歯牙にも掛けない人から見れば馬鹿みたいな話に違いないが、私はよくスヌーピーと会話する。そして寝る前に彼が（――私が）言う台詞は、いつもこれだ。

「オバチャン、今日はいい日だった？」

「今日はいい日だった？」

その日は日曜で、午前十一時に五名の客が来ることになっていた。客は甥と姪の家族だ。その準備もあるけれど、八時半から一時間ほどの日曜恒例のグラウンドゴルフはできる。いつものメンバー四人で四ホールを四ラウンドすると、今朝は、何と私が一位になった！

今日は幸先がいい。というのは、私にはずっと気にかかっている問題があった。今日甥に会ったら、是非ともそれを話さなければならない。

――さりげなく、うまく……。

おやつのコーヒーゼリーはもうできている。果物は梨、西瓜、バナナ、葡萄（巨峰）、キウイなどを一口大にして大きな容器に準備し、冷やしてある。予約して借りた懇談室は、十時にはもう冷房をいれてある。

五人が到着した。昨年夏、兄が他界して以来二度目の、自称レインボーパーティーの始まりだ。昼食にはまだ間があるので、懇談室にまずは落ち着く。

彼らもまたぬいぐるみファンで、姪の娘たちは赤ちゃんのときに私が贈ったスヌーピーを連れてきている。他に猫のぬいぐるみも。

食堂に隣接する小部屋でみんなで昼食をとったとき、ちょっと面白いことがあった。甥の中三の息子が、今日は欠席だが、家でこんなことを言ったという。

「レインボーの食事は、地味にうまい」

派手ではないが、おいしいというのだ。彼の言葉にお世辞はないはずで、みんなも納得したのだった。

今日も入居者と同じ普通食のメニューなのだが、ご飯のお代りは自由とあって、甥はもう二杯目が終わって考えている。姪はすかさず、「お兄ちゃん、恥ずかしいなら私が三杯目をよそって来たげよか」と言って彼の茶碗をとってお代りを持ってきたのには、みんな大笑い。楽しいけれど、こんな雰囲気のなかでは、到底気がかりな私のあの問題は切り出せない。

兄は昨年八月のお盆過ぎに他界したので、今年が新盆ということになる。兄嫁が膝の具合が悪くて外出しにくいので、兄の新盆の法事は自宅で営む予定で、私も呼ばれており、それが今週の土曜日だ。

昼食が済み懇談室に戻ると、それが話題になった。僧侶に来てもらう約束はできているが、法事の後のお清めの食事をどうするか、その仕出しをどこに頼むか、姪が中心になって話をきめ、早速携帯電話で注文すると一段落であった。

あ、今こそチャンス。私は切り出した。

「みんなに聞いておいてもらいたいんだけど、私が死んだらねぇ……」

みんな黙って聞いている。そこで次のようなことを、話した。

葬儀はレインボーハイツの会議室でしてもらい、葬祭業者も決まっており、費用も事務局に預けてあること。

遺骨は岡山県の夫の本家に、ここの事務局の人に持っていってもらい、本家の菩提寺に納めることになっていること。

ただ葬儀では、甥に喪主になってもらい、みんなにも来てもらいたいこと。

これだけのことを言うと、ホッとした。

「秀子叔母ちゃんは元気だから、まだ十年以上も先の話だよね」

という甥の言葉にも励まされた。

おやつのコーヒーゼリーも果物もおもたせのシュークリームも、とびきりおいしかった。

その晩、「今日はいい日だった？」とのスヌーピーの問いに対する私の答えはこうだ。

「うん。とってもね！」

（二〇一七・八・一〇）

戌の年

新聞の小さな記事に、二〇一八年の年賀はがきの切手部分のデザインにスヌーピー、とあるのを見つけたのは、いつごろだったか？

今年は全部これでいこうとすぐに決めたものの、発売の二、三日後に地元の郵便局では、

「スヌーピーは人気があって、七十枚はありませんね。六十枚なら……」

ということであった。その帰りにローソンで、あと十枚を買い足した。

ピーナッツのおなじみの子どもたちが、着物を着てスヌーピーを胴上げしている！

表書きの宛先は例年通り筆書きするとして、文面のほうは、絵手紙教室で描きためた絵のなかから適当なものを選び、賀詞を筆文字で添えてまとめ、コピーするつもりだ。

十二月二十六日は最後の書道教室の日だった。例年この日には、般若心経を写経する。これが年賀はがきの宛先を書くのに非常に役に立つ。大字をいくら練習しても細字はうまくならない。それが、あの小さな字をこつこつ写経することによって、多少なりとも慣れてくるからいいのだ。

十一月、書道展用の作品提出後の教室では、年賀はがきの文面もいろいろ工夫してきた。しかし〈戌〉のような画数の少ない漢字を見栄えするように書くのは、かえって難しい。筆文字にこだわるなら、手本にもあった、

犬の子やかくれんぼする門の松　一茶

が私は好きで、少し練習してこれを書いた。一茶の優しさがうれしく、〈雀の子そこのけそこのけお馬が通る〉の句をすぐに連想した。

結局、今年の私の年賀はがきの文面は、この一茶の句と、木彫りの土佐犬や水仙の絵に賀詞を添えたもの、の三種類になった。絵入りのほうには、余白に二、三行のコメン

トも添えた。そして二十九日に、できあがった六十五枚の年賀はがきをまとめて十字に紐をかけ、ポストに放り込むと一段落であった。

三十日には園の談話室の軸を正月用のに替えたり、うちのスヌーピーのリボンちゃんを振袖に着替えさせて事務室に預けたり……。もちろんバッグを持たせることも忘れない。リボンちゃんは元旦から一週間、受付カウンターに座る予定なのだ。園ではもう門松も、ロビーの正月飾りも準備が整っているが、私の部屋の片付けはまだまだで、もう切りがない。


なんとか無事に二〇一八年の元旦を迎えることができた。九時半に、職員・入居者の誰彼と挨拶を交わしながら、誘い合って食堂の席につく。すると、誰からともなく、

「去年はこの席にSさんが座ってたのよね」

「そう、そう。写真に写ってるわ」

と私。Sさんは忘れもしない去年の二月二十二日に亡くなったのだった。けれども神様は〈時〉というもので私たちを支えてくれている。私たちは熱燗の日本酒を少しずつ飲みながら、厨房職員の心尽くしの膳を機嫌よく祝ったのだった。

午後、私はリボンちゃんの双子の兄――ということになっている――ホックを連れて、今は亡き兄の家に年始の挨拶に出かけた。

ところで私が受け取った年賀はがきのなかに、スヌーピー年賀が何枚あったかというと、たった三枚だった。あの郵便局員の「スヌーピーは人気があって……」というのはどうもあやしい。しかしわが家の四匹のスヌーピーたちは「ぼくたちの年」と言って、とても機嫌がいい。

いいことはまだある。

五日に多田神社に初詣に出かけて〈おみくじ〉を引くと、なんと大吉であった！

また、園の受付カウンターで振袖姿で愛嬌を振りまいていたリボンちゃんを七日に引き取ると、この子は、バッグの中に千二百円ものお年玉を頂いていた！

（二〇一八・一・八）

連携ということ

二月九日に開幕した平昌冬季五輪は、二十五日夜に閉会式があり、十七日間の大会が幕を閉じた。日本は史上最多の十三個（金四、銀五、銅四）のメダルを獲得し、私も何はさておきわが家のテレビ桟敷で観戦し、胸を躍らせていたものだ。

三月に入ってから、記念に写真集を買っておこうと地元の書店を訪ねると、もうフィギュアの王者・羽生結弦だけを取り上げたものが数種類残っているだけだった。そこで、日本人選手を中心に全体を網羅したものを取り寄せてもらうことにする。

ところで、今回の五輪で私が最も感動したのは、女子スピードスケート団体追い抜き《チームパシュート》の金メダルだ。スピードスケート王国オランダの、個人種目のメダリスト三人組を抑えての勝利であった。

「やったぁー！」

と叫んだ日本人は、私を含めて、いったいどれほどいたことだろう。

空気抵抗を最小限度に抑えるための縦三人の選手の間隔や、先頭交代のときに速度が落ちない工夫を科学的に突き詰めて、練習を重ねてきたと言う。

それを聞くとすぐ私は、二年前のリオデジャネイロ五輪の男子四百メートルリレーで、日本が銀メダルを取った快挙を思い出した。あれは下からのバトンタッチをマスターすることによって、バトンタッチ前後のスピードを落とさずに走っての勝利だったと記憶する。

両方とも、連携・協力の賜物で、個人の力以上の、日本人らしい勝利だったと思う。素晴らしいことだ。

個人種目のメダリストもそれぞれに努力を重ねてきた結果だから、もちろん立派である。しかし私が、よりチームに引かれるのは、自分が他人と協力する力――協調性？――に欠けているからだと思う。

過去に幾度か苦い経験をしている。

同窓会の役員をしたときのことだ。独りで仕事を抱え込んであくせくと苦しんでいた。次に役員になった方は、何人かで仕事を分担し協力して楽しくやっておられたようで、やはりそれはその人の力、協調性というものだと感心したことであった。

そして今また、ある問題に直面している。

「あなた、そろそろ自分の歳のことを考えて『山なみ』の後継者を考えておかなきゃ駄目じゃないの」

先日九十六歳の女性入居者にこう言われた。『山なみ』とはレインボーハイツの情報誌で、年四回発行、B５判、八ページの小冊子だ。平成二年十月創刊で、現在百十号まで続いている。私が独りで編集に当たってきた。

開園当初の職員は皆替わってしまったし、レインボーハイツの歴史が分かるのは『山なみ』だけだから、途絶えさせてはならない、と彼女は言うのだ。

それはそうかも知れないけれど、独りで編集するほうが自由でいい、私がいなくなれば、新しい人が、またその人なりのやり方でやるだろう……と私は考えてしまうのだ。協調性がないというか、それが私の悲しい性《さが》かも知れない。

書店から電話がかかってきた。注文していた写真集が届いたと言う。早速出かけていって受け取った。

やはり最初に見惚れた写真は、女子スピードスケート団体追い抜き戦の三人が滑る、究極の流線形だった。

この勝利をもたらした選手・関係者に心からの拍手を送るとともに、自分もせめて置かれた立場で周囲と融和しつつ、有意義に過ごしてゆきたいと思うようになった。

（二〇一八・三・九）

炎暑二〇一八

連日の猛暑――というより炎暑である。

マスコミも、「命にかかわる危険な暑さ」だから、「室内ではためらわずに冷房を使い、水分をこまめに採って、塩分も不足せぬよう」とさかんに呼びかけている。

確かにこれは未経験の暑さだ。体温を上回る気温が列島各地で更新されている。

しかし、百余名の入居者のうち九十歳以上が三十名前後というレインボーハイツでは、この夏彼岸に旅立った方は皆無だった。本人の心構えもさることながら、スタッフの行き届いた注意・介護も大いにあずかっていると思う。

御役御免の老人よりも、若い人たちこそ体を張って活動するから、この炎暑は本当に大変なことと思われる。

八月二日の午前十一時ごろ、わが家の亡夫一人を祭る小さな仏壇に、例年通りお坊さんが棚経《たなぎょう》をあげに来てくれた。猛暑の最中である。エアコンの風や扇風機の角度をお坊さんの椅子に合わせて準備し、水出しの緑茶も用意していたのだが、やはりお坊さんの様子がいつもとは違っていた。

お経の声が小さく弱々しいのだ。また、いつもは般若心経もあげてくれ、それには私も経本を見ながら小声で唱和するのだが、今回はそれもない。疲れておられるな、もうお経なんか早めに終わって一服してもらい、次のお宅に回って頂いたほうがいい、と思った。

以心伝心か、お経を早めに切り上げたお坊さんに、冷たい緑茶の代わりに経口補水液をグラスに注いで勧めると、大層喜ばれた。その残りの入ったペットボトルも布巾に包んで、お布施と一緒にお持ち帰り頂いたのだが、もちろんこんなことは、初めてだった。

八月五日には全国高校野球選手権大会が甲子園で開幕した。第百回記念大会である。長らく高校に勤めていたせいで、この手の行事には今なお関心がある。七月初めごろから逐次新聞に発表される地方大会の結果に赤マークを入れたりして、私はこの日を待っていた。

しかし、この炎暑だ。開会式で整列した代表校の選手たちをテレビでじっと見ながら、私は今にもこのうち誰かが熱中症で倒れるか、しゃがみ込むかするのではないかと、はらはらしていた。だが、それはなく、一斉に各自持参のペットボトルの飲み物を飲む時間もとられ、無事例年通り見ごたえのある開会式は終わった。

特に近江高校中尾主将の選手宣誓は、声も内容も態度も素晴らしかった。「……甲子園は勇気、希望を与え、日本を平和にしてきた証しです」と。

翌日の新聞によると、五日に球場内の救護室を訪れた人は四十七名いたが、選手は一人も居なかった由。さすが、である。

なお、式後および翌日以後の試合中に私がテレビで見た熱中症対策といえば、客席に係員が噴霧サービスをしたり、スコアボードに赤く〈熱中症に注意！〉の文字が出たり、控席でなくグラウンドの試合中の選手にまでコップの水が運ばれたり、といったところだ。

西日本豪雨から一カ月が経つ。まだ避難所暮らしを余儀なくされている人々に、この猛暑はどんなに苛酷なことか。そして高校野球四日目だった今日八月八日は、関東から東北地方が、強い台風十三号に伴う暴風雨に脅かされている。南方海上には十四号も発生している。八月上旬からの台風。明らかに異常気象だ。しかもこれは日本だけではないという。

中生代に生存した恐竜が死滅した時のような一大異常気象が、いま地球上で起こりかけているのではないか、とさえ思うのだ。

（二〇一八・八・八）

米寿のサプライズ

英語のsurprise《サプライズ》は、どんな辞書でも、名詞なら〈驚くべきこと（物）、番狂わせ、びっくり、奇襲〉などの意味が出ている。しかし日本語になったサプライズには、それに〈うれしい〉という気持ちが加わっているようだ。

八月十一日に亡兄の三回忌を自宅でするからと、兄嫁や姪たちから案内を受けて、猛暑のなかを出向いた。二歳違いで同じ九月生まれの兄が、ホスピスで米寿を祝ったのは、二年前の七月末、そして八月十八日に他界したのだった。

棚経《たなぎょう》が終わり三時過ぎにお坊さんが帰った後、しばらく、集まった八人は雑談していたが、そこへ台所から運ばれてきたのは、直径二十五センチほどもありそうな、苺たっぷりのケーキだ。真ん中に〈祝米寿・秀子おばさま〉と書かれた円盤が乗っている。

あ、これぞサプライズ！

ケーキには細いろうそくが十六本に、ミニ花火まで添えてある。姪の娘たちが一本一本これを立て、火をつけて、みんなで「……ハッピ　バースデイ　秀子おばちゃーん……」と歌ってくれる。

子も成さず、子育てもしなかった私の米寿を、こうして亡兄の家族が祝ってくれる。うれしかった。八等分した一人分のケーキの、何と大きかったこと！　そしておいしかったこと！

次は九月十一日の〈お誕生日会〉だ。

レインボーハイツでは、毎月その月生まれの入居者のために、お誕生日会を開いてくれる。今年この日参加した入居者は七名で、その内三名が米寿だった。職員の参加は五名。コーヒーとケーキで、入居者の昔ばなしに花が咲き、楽しかったけれど、これは予定の会だったから、サプライズとは言えまい。

何はともあれ最高のサプライズは、私の誕生日である九月二十八日に、男声合唱団ウイスタリアのコンサートがレインボーハイツで開かれることになったことだ。昨年、一昨年は七月だったが、今年は猛暑を避けて、全く偶然にこの日に決まっていた。

その日私は朝からうきうきしていた。ロビーの準備が整うと、早めに最前列のいい席に陣取って、午後二時の開演を待つ。

藤色の揃いのポロシャツに黒ズボン姿の団員たちが入場する。なじみの顔ぶれは、私の属する混声合唱団リバーコールと掛け持ちの人たちで、今日の約三十名中三分の一以上に上る。それに指導する先生も同じなのだ。

さすがに男声合唱団、平均年齢八十歳といえども力強い歌声である。『雪の降る街を』『白い花の咲く頃』『琵琶湖周航の歌』『見上げてごらん夜の星を』などを聴く。聴くほうもこの九月で平均年齢八十六・三歳の集団だから、程よいナツメロを選んでくれている。

後半の最後に歌ってくれた『宇宙戦艦ヤマト』『群青』『陽はまた昇る』と、アンコールの『マイ・ウェイ』は正に圧巻だった。

最後に先生が退場されるとき、私に、

「ハッピーバースデイもやればよかったけど、練習してないからネ」

と声を掛けてくださった。実は一週間ほど前、先生と話す機会があって、ウイスタリアコンサートの日は私の米寿の誕生日ということを、話していたのだ。（いいえ、いいえ、先生、私は今日の歌全部を私のために歌ってくださったと、勝手に解釈しております。ありがとうございました！）

高松の歳の離れた友人・Yさんは「今年は特に米寿を祝って」と、例年のスヌーピー手帳に加えてスヌーピーカレンダーまで贈ってくれた。また二十八日晩には、姪の娘から「おばさま、お誕生日おめでとう！」の電話ももらった。

それらすべてをかみしめながら、いま私は幸せいっぱいだ。みなさん本当にありがとう。

（二〇一八・九・三〇）

生活の技術

とうとう、またやってしまった。こうなることは、幾度か経験して、分かっていたはずなのに……。

この二週間あまり、体調不良で咳がとれない。原因は風邪ではなく、過労ということは分かっている。私の場合、疲れは風邪のような症状で喉に現れる。しかも疲れた直後ではなく、年齢を重ねるにつれ、二、三日経ってから徐々にくるのだ。

そもそもの始まりは十月十三日の〈いながわ合唱祭〉だった。リバーコールのメンバーとしてこれに参加し、程よく疲れたものの、翌十四日は日曜日、けろりとしてハイツの中庭で恒例のグラウンドゴルフに参加していた。それから英語のクロスワードを一つ仕上げた後、読書三昧である。

内館牧子の『十二単衣を着た悪魔』を読み終えた。（これはある男が源氏物語の中にタイムスリップして繰り広げる実に愉快な小説で、この悪魔とは弘徽殿の女御のことだ）

翌十五日は月一回の通院日。午後は三時間部屋を借りて、書に打ち込む。五言律詩を連落の用紙に四枚書く。十六日はハイツ内のコーラス練習日で、これはむしろ私には癒しの時間であったのだが……。

今から考えると、ここまではまだ序の口で、疲れの一番の根源は十七、十八日にあったと思われる。

十七日はレインボーハイツからの日帰りバス旅行だった。草津市立水生植物公園見学、近江八幡市内で近江牛の昼食と、たねやグループのラコリーナ近江八幡で買い物、というもので、これに十七名で参加した。すべてに満足だったが、旅行はやはりバスに乗っているだけでも疲れる。

さらに十八日は午前中がリバーコールの通常練習、午後が老人ホーム〈やわらぎの里〉への訪問合唱で、頑張ってこれにも参加し、終わると、本当に何とか一山越えることができたような気がして、ちょっぴりいい気になっていた。

しかし山はまだ続く。二十日の神戸でのエッセイ教室、二十三日の西梅田での書道教室、二十四日の朝日ウイークリーを読む会。しかもそれらの会合は、家での準備が必要なものばかりなのだ。

だんだん喉に痛みを覚えるようになり、咳が出てくる。この段階になって初めて「ああ、これは前にも覚えがある、疲れのためだ」と気がついたのだった。

咳はその後しばらく続いた。折も折、レインボーハイツでは九月から十二月にかけて、外壁他改修工事中で、建物の周囲には足場が組まれ、メッシュの黒い布が張り巡らされて、うっとうしい限りなのだ。プライバシーを守るため、バルコニー側のレースのカーテンは常に閉めておくわけだが、カーテン越しに不意に工事の人影がヌッと現れると、本当にギョッとする。洗濯物も部屋干しである。

そんなわけで、この十月下旬は、寝込むことこそなかったが、咳のため、リバーコールを欠席したり、グラウンドゴルフや卓球を休んだりして、おとなしく過ごしてきた。

しかしいま、ようやく咳も峠を越し、快方に向かっている実感がある。食堂の食事のおかげと思う。また繰り返さぬよう気をつけなければ……。

結局、結論はこういうことになる。

無理をしすぎては駄目。しかし少しは無理をしないと、何もできず、むなしい日々を送ることになる。だから程よく計画を立て、常に自分を打診しながら、少しずつ目標に向かって粛々と努力することだ。

それは生活の技術のようなもので、天才の場合はいざ知らず、歳をとった凡人としては、そうするより仕方がない。


（二〇一八・一一・四）

趣味の作品展

（フムフム。なかなか面白そうな作品が並んでいるな）

小鳥の彫刻《カービング》や調和体の書の軸、刺繍作品、油絵、能面、絵手紙、等である。

ここはレインボーハイツで毎年秋に開かれる〈趣味の作品展〉の会場だ。


私も書の軸や色紙、絵手紙を出品したからいい気分でずっと観てゆくと、どうも見た覚えのある油絵に行き当たる。それにこの色紙の絵も、あ、これも前に観た、と思う。

いけずな性分というのだろうか、こうなると私は放ってはおけない。そこで、

「ねえ、この絵に見覚えない？　前にも出してはったと思うけど」

「さあ？　忘れてはるんやろ」

大抵の人はこれで終わりだ。穏やかなものである。

それにしても今年も目新しい面白い作品が目を楽しませてくれる。五円玉をたくさん紐でつないで亀の形にした置物、ちぎり絵、ステンドグラスもある。

一週間続くこの展覧会に私はほとんど毎日立ち寄っていた。実は私がおもてなしのつもりで〈二枚ずつどうぞ〉と書いて百枚余り置いた絵手紙の減り具合を見たかったから。けれどもその都度、あの見覚えのある絵が気になって仕方がない。それで部屋に帰ってアルバムや情報誌『山なみ』の写真を調べてみると、油絵のほうは一昨年、また色紙の絵は二〇一四年に確かに出品されていた。

優劣を競う展覧会ではなく、老人ホームのお楽しみイベントとしての展覧会とは言え、展覧会と呼ぶからには、同一作品を繰り返し出すことはいくら何でも問題ではないか。誇りがなさすぎる。事務室が主催するイベントだから、私は次のように投書した。

〈以前の作品展で観た作品が幾つかありました。本人は忘れているのでしょう。事務室では毎年すべての作品を写真に記録し、そのようなことを未然に防いで欲しい。同一の

展覧会では同じものは一度しか出せない、というのは原則です〉
後日、事務室から「貴重なご意見をありがとう」との返事をもらったけれども、さて来年はどうなるか、楽しみだ。

よく似たことが情報誌『山なみ』でも起こる。俳句、短歌の投稿に、時々以前掲載したものが含まれるのだ。こちらは私が編集責任者だから大変である。いくら本人が大丈夫と言っても、私はそれを信じないで、全部バックナンバーをチェックする。それで見つかったこともあるからだ。

では私自身はどうかというと、趣味の作品展に出したものは、全部表にして記録している。『山なみ』用の俳句も発表済みのものは、俳句手帳に印をしている。

ところが先日、次号用の自分の俳句を作ろうとして気に入ったのができず、旧作のなかから発表済みの印のないものを一つ選んで加えた。念のためバックナンバーをチェックすると、何とそれが掲載済みで、ギョッとした。全く他人のことなど言えた義理ではない。印刷所に入れる前で本当によかった。

何分にもここは老人ホーム。みんなよく忘れる。悪気はないのだと思う。しかし最低限度の矜持《きょうじ》だけは失わず、賢く工夫をこらして、これからの人生を楽しく生きてゆきたい。

（二〇一八・一一・二五）

Ⅳ 決別

鎮魂の旅

高松のYさんから、父上が五月下旬に亡くなられた旨知らされた。老人性鬱や肺の障害などで二年余り入退院を繰り返した末のことであった。母上を助けてその介護に当たってきたYさんの手紙には、改めて涙を誘われた。

七月中旬に父上の四十九日の法要を終えたら会いたい、とのYさんの希望には、ぜひ応えなければならない。それに、その手紙と前後して、私の大学時代の一クラスメートの訃報にも接していた。

鎮魂の旅をしよう、と思った。

幸い七月三十一日に琵琶湖の蓮の群生を舟で観賞する手ごろなツアーが見つかった。

蓮華は仏教思想の象徴で、ちょうど良い。Yさんを誘うと、「ぜひ……」と喜んでくれた。

そんな折も折、もう一つの訃報に接することになる。尊敬する伊勢田先生で、一般には〈詩人・郷土史家〉と紹介されているが、私には随筆の師であった。平成四年から、阪神大震災による一時中断をはさんで平成二十一年まで、私は伊勢田先生の『エッセイを書く』というカルチャー教室で学び、随筆を書く楽しみを知ったのだった。

七月三十日の夕方、京都のいつものKホテルで半年ぶりにYさんと落ち合う。親を見送ることは大方の人生の一過程だ。しかし、嚥下障害で最後の三カ月は一滴の水も飲めなかった父が可愛そうだったと話す声が上ずっていて、気丈な彼女の優しさを感じた。

三十一日、昨日に続く猛暑だ。九時にKホテルを出た私たちの車は、途中別のホテルからの客とも合流し、琵琶湖大橋を渡ってから南下し、草津の道の駅で下車する。蓮の群生のあるのは、烏丸半島の辺りとか……。

かなり待たされて、十一時過ぎに、とある木陰の小さな船着き場から、モーターボートに乗り込む。客は十一人だ。暑いとは言え、舟は葦すだれの屋根付きで、湖上は多少風もあって救われた。

橋を潜り、やがて右手の岸辺一面に蓮の葉がひらひら翻るのが見え始める。

「残念ながら、今年は花が少ないんですわ」

ピンクの花はポツポツ見えるが、多い年は「一面ピンクに染まるんだ」と船頭は言う。蓮の群生する水域はかなり広く、先端までボートを進め全容を見てから、また戻ってきた。そして途中、船頭はサービスだと言って、群生の真っ只中にボートを突っ込んでエンジンを止めるのだった。

こんなこと、していいのかな、と一瞬思ったものの、至近距離で蓮を写せるとあって、みんな夢中でシャッターを切る。直径五十センチもの大きな葉に揺れる銀の水玉、左右がカウボーイハットのように巻き上がった若い葉、ピンクの満開の花、蓮華を半分落とし、穴の開いた花托を目立たせている花、等々。

しかし私が驚いたのは、やがて私たちの舟がバックした直後に船底からよみがえる蓮の葉の勢いであった。あの葉柄はまるでばねで、泥水に潜んでいた動物が飛び上がるように水面に復帰するのだ。決してすーっと浮き上がるのではなく、ピョンと勢いよく顔

琵琶湖、蓮の群生水域。

を出し、舟が通った跡など全く見せず、うれしそうに弾んでいる。船頭はこれを知っているから、舟を突っ込んだのだろうか。

伊勢田先生のことが偲ばれる。先生のご家族にも元気になっていただきたいし、私もまだまだ頑張らなければ、と思った。

Ｙさんがこの蓮の葉の元気なよみがえりをどう感じたかは、結局聞きそびれてしまった。しかし翌日、二人で豪華な昼食を食べてから大阪駅で別れるとき、「鎮魂の旅を終えて、これからも生きてゆく私たちは、お互いに健康に気をつけて頑張りましょう」と、握手を交わしたのだった。

（二〇一五・八・二）

石切さん

「五月一日は参加しますが、そのときになってこんな暗い話で雰囲気をこわすよりも……」

と前置きして、四月下旬、突然兄から電話が掛かってきた。

五月と八月の年二回、兄夫婦、その子ども夫婦と孫たちも招いて、ここで自称レインボーパーティーを開いている。食堂で昼食をともにし、芝生で遊んだり共用の部屋でおやつを食べたり雑談したりして、家族の絆を深めるのだ。

暗い話というのは、兄に最近肺癌が見つかったという話だった。これから数週間かけて、精密検査や治療法を検討するところだという。兄には持病があり高齢なので、普通の癌治療が難しいらしい。

とうとう来たか、と思った。ふだんは御無沙汰していても、夫も子どももいない私にとって、兄はやはり心の拠り所になっている。なんとかここはもっと生きてほしい。ふと昨年秋に詣でた〈石切さん〉のことが思い出された。

石切さん――正式には石切剣箭《いしきりつるぎや》神社――は東大阪市にあり、古来はれものの治癒の神として、いまでは癌封じにご利益があるとされて、参詣者が多いという。レインボーハイツの友人Kさんが時々茶飲み話に、石切さんのお百度参りのことをいろいろ話してくれる。一度は話の種に訪ねてみたいもの、と思っていた。Kさんは、数年置きに乳癌、胃癌、大腸癌を患って手術、その都度不死鳥のようによみがえり、いまや九十歳代を生き生きと生きる、明るく元気な方だ。

「ほな、一緒に行きましょか」

Kさんは、私の意向を聞くと早速こう応じてくれ、昨年十月上旬のある日、好天にも恵まれて、二人で出掛けたのだった。

近鉄生駒線石切駅から西へ七百メートルほどの参道には、みやげ物店などが並んで、門前町の風情がある。Kさんの健脚ぶりは驚くばかりで、負けてはいられない。

石切さんは、想像以上に境内が広く、堂々たる神社だった。それなりの人出もある。本殿前の参道に縦に十数メートルの距離を隔てて置かれている二つの百度石の間を、熱心に往復する人々の姿があった。

なるほど、これがお百度参りというものか。

参拝を済ませてから、私もちょっと回ってみようかな、とも思ったが、行楽気分でやってきた私には、やはりそれはできなかった。家族に癌患者を抱えているに違いないその人たちの真剣さに申しわけないとも思ったし、回り方が時計回りであることにも違和感を覚えたからだ。陸上競技のトラックでも盆踊りでも、時計と反対回りが普通ではないか。

二人で境内を散策し、休憩所でお茶を飲んだ。それからKさんは前回来たときの御札を納めて帰途についたのだった。


去る五月一日のレインボーパーティーは、前回都合で欠席した中学二年の甥の息子も参加して、楽しいものとなった。この年頃の子どもの成長は心身ともに本当に目覚ましい。姪の大学生の娘と互角で英単語の尻取り遊びをやっている。boxと書いて、「やったぁ！」と叫ぶ。xで始まる語は思いつかないだろうというわけだ。ところが相手もさる者、Xmasと書いてこちらも「やったぁ！」である。見ていた私も思わず拍手してしまった。

三世代が日を決めて集うこんなパーティーも、やがてできなくなる日が来るだろう。兄にはせめて東京五輪ぐらいは楽しんでほしい。

いま私が石切さんの近くにいれば、きっとお百度参りをするだろう。しかしあの日はレインボーハイツから石切さんへの往復だけで私の万歩計は一万歩を越えていて結構疲れたから、また出掛けていってさらにお百度参りをするのは無理だと思う。何か私なりのやり方で、兄のために祈ろうと思っている。

（二〇一六・五・三一）

祈りのかたち

月さびよ明智が妻のはなしせむ　　芭蕉

「これ、芭蕉の句碑ですな。それでこちらが光秀の奥さんの凞子《ひろこ》さんの墓。凞子さんは細川ガラシャのお母さんです」とタクシーガイド。

ドキッとした。その親子関係に、ではなく、ここで〈ガラシャ〉という言葉を聞いたから。

私たちレインボーハイツの三人連れは、昨夜はなじみの〈ホテルびわこ〉で一泊し、今日は半日のタクシー観光で、明智家の菩提寺・西教寺にやって来ていた。一泊二日の小旅行とは言え、兄の容態が決して良くないのに、その小康を保つことを祈りながらもこの旅をキャンセルしなかったのは、私たちもまた高齢で、何でもできるときにしておかなければ、という考えがあったからだ。

兄は市立池田病院から、箕面市のガラシア病院のホスピス病棟に移されている。そのことを、旅の三日前には姪から、二日前には兄嫁から知らされていた。それでもあえて出てきた旅先で〈ガラシャ〉と聞いたので、ギクッとしたのだ。

しかし私たちの年齢ともなれば、人間ずいぶん図太くなるものだ。願ってもない梅雨の晴れ間にも恵まれ、三人は上機嫌で説明を聞きながら、日吉大社、西教寺、浮御堂、延暦寺、近江神宮と回り、一時半にはホテルに戻って昼食をとっていた。私より年上の二人の連れがとても喜んでくれたことが、誘った立場の私としては何よりうれしかった。そして五時半にはもうレインボーハイツに帰っていた。

部屋に戻ると、姪から留守電が入っている。

「父の病室がスタッフステーションに近い〇〇〇号室に替わりました。……」

不吉なものを感じて予定を急きょ変更し、翌日昼過ぎに兄に会いに行く。電車を二度乗り換え、箕面駅からはガラシア病院のシャトルバスで。

兄は少し口を開けて眠っていた。市立池田病院に見舞ったときより一段とやせている。危ないナ、と思った。やがて目を覚ましたが、こんなとき、一体何を話せばいいのだろう。

池田病院では、兄夫婦と私の三人でかつて参加したスコットランド・イングランドの旅、喜望峰とボツワナ・サファリの旅、アメリカ国立公園を巡る旅などの思い出話もしたが、もうそんなのんきな話もできない雰囲気だ。

体全体がぐったりしているが、特に痛みはないという。それがせめてもの救いである。

「和子に会ったか？」

「最近会ってないけど、電話で話してるわ」

和子とは兄嫁で、膝に人工関節を入れる手術を兄の入院のために延ばして、杖をつきながらほとんど毎日、病院に様子を見に来ている兄の守護神だ。兄のこの状態が長引けば、和子さんの苦しみも続くことになる。

七月八日と九日が兄の最期と重なりませんように、と願っている自分にふと気づいて、ハッとする。――自分は何と勝手な、冷たい人間なのだろうと。

レインボーハイツは今年開園三十周年で、七月八、九日にはその祝賀行事があり、私も編集を手伝った『レインボーハイツ三十周年記念誌』が全員に配布される予定なのだ。その晴れの日の空気は、やはり生《なま》で味わいたい。

〈祈り〉とは何だろう、と考えてしまう。犠牲の上に成り立つ幸せはないのだし、人の生死は神の手に委ねられているのだから。

すべての人は、置かれた立場で気持ちを昇華させ、相手を思い、賢く最善を尽くすしか道はないのだ。

それこそが〈祈り〉ではなかろうか。


（二〇一六・七・二）

兄の米寿

連日リオデジャネイロ五輪の模様が放映されていて、興味は尽きない。だがこの種のことに、いや、何であれ世の中の出来事に興味がもてなくなるということも、あるのだ。兄が入院しているガラシア病院ホスピスの個室にもテレビはあるけれど、孫が見舞いに行ってテレビをつけようとすると、兄は嫌がるという。子どもに返ったように連れ合いの和子さんが来るのを毎日ひたすら待って、甘えて、皆を困らせている。

「七月三十日の土曜日に、博の米寿のお祝いをガラシアで開こうと思うんだけど、あなたの都合は、どう？」

和子さんからの電話だった。さすがに、いい考えだ。都合もいいし、大賛成、と答える。

兄は今年の九月一日で八十八歳になるが、この調子ではそのときどうなっているか分からない。一カ月前倒ししての米寿祝いのパーティーは、家族みんなにとってどんなにいい思い出になることだろう。ホスピスだけあって、この病院にはキッチン付きの家族室があり、そこが格好の会場になるという。

当日十一時少し前に病院に着くと、姪だけが来ていた。兄は相変わらずだが「会は何時に始まるの？」とか、「寝巻きでいいかな」などと言って、心なしかうれしそうだ。

やがて仕出屋からの九人分の料理が届き、その対応に姪は出てゆく。兄は看護師さんにいろいろ支度してもらいながら、

「やっぱり、何か、挨拶せんとあかんな」

などと言うから、笑ってしまった。

五階の家族室は窓の上に十字架、壁面には大きな宗教画の額が掛けられていて、長テーブルを囲むように料理の重が並んでいる。メンバーはもう皆揃っていて、三人の孫たちは汁物をよそったりお茶を入れたりしている。

やがて車椅子を押されて兄が登場すると、みんな拍手で迎えた。兄の両側に和子さん

と姪が座り、あとは適当に着席して開会だ。

「みなさん、今日はわたしのために、このような会を開いてくれてありがとう」

子ども返りしているようでも、こんな挨拶はちゃんとする人なのだ。

「米寿、おめでとうございます」と言って差し出す私のほんの気持ちのプレゼントも受け取ってくれた。あとは特に大切な話もなく、みんなせっせと食べ始める。

「お父さん、これ美味しいよ」などと言いながら、姪がなにくれと兄に気を遣っている姿がうれしかった。私は父の晩年、たとえ同居していたとしても、あんなに優しくテキパキと接することはできなかったのではなかろうか。

看護師さんがやってきて、私たちの会食の様子を写真に撮ってくれた。

母から聞いた、兄が幼児のころの話を思い出す。「よそでお菓子など頂いたら必ず母さんに見せて秀子と分けること」と言いつけられていた兄は、飴玉一個でも持ち帰って見せたという。「それは分けられないから、あんた、食べなさい」と言ったのだと母は笑っていた。やや消極的だが、まじめで優しい兄だった。

「ああ、ちょっと疲れたな」

しばらくして兄がそう言うので、先に病室に帰ってもらう。家族室に残った者たちは、甥の家族からのおみやげのケーキを食べながら、いっときおしゃべりをした。

そのときになって初めて私は、壁の大きな額の宗教画が油絵でなく、縫い取りによる絵であることに気づいた。人物も、窓枠のような木の部分も、それらしい色の刺繍糸でびっしりと見事に埋めつくされていて、荘厳ささえ感じさせる。

ずっと技術畑を歩いてきた兄の人生は、まずは幸せだったと思う。やがてこのホスピスから黄泉の国に旅立つのだろうが、私はちょっと神様の予定表を覗かせて欲しいような気がしている。


（二〇一六・八・一四）

＊兄は八月十八日、安らかに永眠。二十日、米寿祝いと同じメンバーで家族葬を営んだ。

風光る（一）

二月二十二日、隣のSさんが亡くなった。

「楢崎さんは特に親しくしとられたから、先にお知らせしますけど……」

と前置きして女性事務員が伝えてくれた。「今朝早くに……」とのことだ。

ハッと息を呑む。まさか、こんなに早く！

その二日前、Sさんが、申し込んでいた食堂での食事に来られない旨、事務室に連絡があったとのことで、お宅へ様子を見に行くと、看護師二人が付いて何かいろいろ準備をしていた。やがて車椅子に乗せられて出てくる。

「入院するの？」

「まだ分からないの」

結局これが私たちが交わした最後の会話となってしまった。

二日間、川西市民病院に入院しただけの、九十二歳での大往生だったけれど、呼吸器系疾患が命取りとなったそうだ。

Sさんの前夜式は二十四日午後七時より、葬儀は二十五日午前十時より、共にレインボーハイツ会議室にて、と掲示されたが、私はそれまでに、じっくりSさんに会いたかった。会って約束を果たしたかった。それについ二日前までは、いつも食堂で一緒に食事をし、共通の話題——特にスポーツなど——を結構熱く語り合っていたのだから。

二十二日の夕方、Sさんの息子さん、娘さんとは廊下で会って、挨拶はしていた。ご遺体はもう部屋に帰ってきているそうだ。

晩の八時ごろ、今夜ご遺体に付き添うのは娘さんに違いないと思い、電話してからチョコレートを持ってSさんに会いに出かける。娘さんと息子さんの奥さんが片付けものをしていた。

Sさんはベッドに横になり、髪は修道女のように白布で覆われているが顔に白布は掛けてない。化粧し瞑目したその顔は、ハッとする美しさだ。真っ黒なベッドカバーの中央には大きな白の十字が縫い取られてある。

私はチョコレートを取り出して、娘さんに経緯を説明する。——二月の十日ごろ「やっぱり私たちも、ちょっと素敵なチョコレートが欲しいわね」ということになり、私は奮発して三種類の輸入チョコレートを買ってきて二人で分けた。けれども三種類目の箱を開けようとすると、「もったいないから、それはこっちがなくなってから開けましょうよ」とSさんが言うので、私があずかっていたのだ。その後も「まだある?」「まだあるわよ」の会話が何度が交わされているうちに、今日の日が来てしまった、——ということを。

「だから、お母さんの代わりにあなたたちが食べてね」

Sさんは伊丹の家庭裁判所の調停委員を永年勤め、豊中の大阪のぞみ教会の重鎮として熱心にその運営に当たってこられた敬虔なクリスチャンだ。一方素敵な家庭人で、このハイツでの生活も楽しんでおられ、昨年七月発行のレインボーハイツ三十周年記念誌には、こんな俳句を寄せている。

卒寿すぎ守られし日々花万朶

青空へ揺らすふらここ孫ひまご

そんな方がわが家の隣に入居されてからもう二十七年になる。レインボーハイツからの旅行にも、個人的な旅行にも度々ご一緒して楽しい時を共有した。この偶然と幸運は奇跡のようなものだったと、今にして思う。

この日はしばらく娘さんたちとおしゃべりしてから、「ではまた二十四日にね」と言って別れたのだった。

（二〇一七・三・一）

風光る（二）

Sさんの前夜式および葬儀には、ご親戚や教会関係の方が大勢みえて、会場に入りきれない入居者は廊下に椅子を並べて参列した。

司式の牧師さんの言葉が胸にしみる。――「大阪のぞみ教会は、S姉という柱を失い、一つの時代が終わったような気がします」

そのとき私も、Sさんという最高の友人を失って私のレインボーハイツでの生活も一つの時代が終わったのだ、と感じた。

喪主の息子さんは、母上が優しかったということ、そしてその気質は子々孫々に受け継がれていること、また、男性で言えば武士のような強さを持っていたことを話され、私も大いに納得したのだった。

前夜式および葬儀当日に配られた式次第や讃美歌のプリントには、一九六八年五月発行の聖徒新聞のコピーが添えられていた。それにはSさんが四十三歳のときに書いた、『わたしに欠けていたもの』と題する一文が掲載されていて、これで私は彼女が筋金入りのクリスチャンになった経緯を知ることになる。

Sさんは富山のクリスチャンの家庭で育った。女学校卒業後、上京して日本女子大に入学。卒業後の結婚生活では一男一女に恵まれ、戦後の苦しい家計のやりくりも賢くこなした。それまで私はむしろ順調なクリスチャンの人生をたどってきた人だと思っていた。しかし三十七歳でようやく洗礼式を挙げるまでには、様々な心の葛藤があったことが分かる。

まずは自分の生い立ちから来る、クリスチャンへの根強い不満と不信感だ。彼女の両親はクリスチャンだったが、幼児の頃やはりクリスチャンで写真業を営む養父母のもとに養女として貰われていく。そこでの生活は幸せだったが、成長するに従い、生きるためとは言え、子どもを手放した親がクリスチャンであることが彼女の心を頑《かたく》なにしてしまう。

また親戚や多くの友人もクリスチャンだったが、彼らはおおむね純真で愛に富んでいた一方、現実の生活には力なく、社会的にも弱々しく見えた。それでもなお信仰にしがみついている姿に我慢できなかったという。

女子大とその寮舎では、瞑想会という会を運営する仕事に携わったが、その頃は訳も分からず、こんな苦しみだけ多く、実際に役立たないことは、二度としまいと思ったそうだ。

そして自らのみを頼む力が異常に強くなり、いつまでも自我意識の過剰に苦しむ。結婚してしばらくは家庭のなかに自分の居場所を見つけて落ち着く。しかし日本経済の立ち直りにより、必要以上に物資が家庭に流れ込むようになると、物への欲望が増し、心は逆に貧しいものになっていった。

幼い頃に読んだ『クオレ物語』や『イワンの馬鹿』などの無私の愛とか真面目な生き方には心引かれることもあったが、現実には描かれた餅で、何をよりどころにしてよいか分からず悩む。

しかも二人の子どもが現実的な誇りしか持たず、内なる命を失っているのに気づき愕《がく》然《ぜん》とするが、むなしくて生活の意欲も湧かない。

そんなとき友人に誘われて聖書の講義を聞き、聖書とあまりにも隔たったところに来ている自分の心と生活が反省され、涙があふれるのを止められなかった。しかし幼い頃の強《し》いられた祈りや、学生時代の負担のみ感じた精神教育の思い出がよみがえって、迷いの日々が続く。けれども、いつしか聖書から離れられなくなり、懺悔《ざんげ》し、ついに洗礼を受けたという。

聖徒新聞に掲載されたこの文を、Sさんは万感の思いを込めて綴ったに違いない。正に〈人に歴史あり〉だ。私は六十五歳頃からの彼女しか知らなかったが、昔を知るとますます慕わしく、彼女の昇天で虚空が輝いているように思われるのだった。

優しく強き人召されゆき風光る　　秀子

（二〇一七・三・二九）

風光る（三）

大抵のウイークデイには、朝食後、ＮＨＫの連続テレビ小説を見ている。いまは『ひよっこ』というのをやっていて、地方の高校を卒業した素直な女の子が、集団就職で上京して働きながら、行方不明の父親を捜している話だ。

彼女は折にふれ、独り言で「お父さん」と呼びかけては、周囲の出来事や自分の気持ちを言葉にして言っている。

毎日それを見ていると、彼女の思考パターンが乗り移ってきて、私も身の回りの出来事を、亡くなったSさんに呼びかけては、報告したり意見を求めたりしているのだった。

いつだったか、比較的新しい男性入居者に、廊下で挨拶してもまったく反応がないの

で、Sさんにそのことを話すと、

「まあ、そんなところじゃないかしら。もしかして技術系の人かも知れないわね」

という答えが返ってきたのを思い出す。

昨年死んだ兄も技術畑を歩いてきた人で、家族に見守られて幸せな最期だったが、もし逆に兄が生き残って老人ホームに入ったとしたら、やはりこんな具合ではなかったか?

男女共学の経験もなく、男中心の職場で、退職後は〈夫婦旅行〉と〈孫〉が趣味だった。社交性に乏しく、なじみのない婆さんの行きずりの挨拶など、無視するに違いない。

そして今日の私のつぶやきは、こうだ。

「Sさん、今日ね、あの人、向こうから『おはよう』って言ってくれたのよ!」

私がこのホームに入った平成元年には、事務所が主催して、芝生の中庭で隔月にグラウンドゴルフ大会が開かれていた。入居者の平均年齢も七十代前半で、元気な人が多かった。もちろん私も楽しんでやっていた。巷《ちまた》でゲートボールがはやっていたころだ。

入居者も職員も徐々に入れ替わり、この行事も途絶えて久しいが、昨年事務室では新しいグラウンドゴルフの道具を準備した。気候のよい晴れた日には、緑の芝生にオレンジ色の1〜4の旗がひらめき、人待ち顔だ。

それでもいまや平均年齢八十六歳のホームでは、すぐに何とかなるわけではない。私は「笛吹けど踊らず、ねぇ」などと職員に憎まれ口をたたきながらも、時々気が向くと、一人でカチン、コチンと打っていた。


そしていま、つぶやかずにはいられない。

「Sさん、面白くなってきたわよ。このところグラウンドゴルフの仲間が増えて、試合ができるの。マイボールにマイスティックまで持ってる人が二人もいてね……」

その二人とも昨年以降の入居者で、外での経験があるからルールや技術の説明もしてくれ、職員の助けなしに、試合ができるのだ。

このところ、お天気なら日曜の朝ごとにやっている。四人で、または五人で。

グラウンドゴルフが初めてでも、ゴルフの経験のある人はやはりうまい。

一ラウンドは四ホールで、四ラウンドするのだが、五人でしたときも、四人でしたときも、私はビリから二番だった。それはそれとして、一日五千歩を目標にしている万歩計の歩数が稼げるという余得もあって、とても楽しい。
「Sさん、あなたと共に、私のレインボーハイツでの一時代は終わったけれど、新しい仲間と一緒にまた次の時代を、楽しく、有意義に過ごしていこうと思っています。見ててくださいね」

召されし人のまなざし優し星祭　　秀子

（二〇一七・七・四）

V　小さな旅

手袋

京都のKホテル主催の小さな旅に参加した。一度は観たいと思っていた〈長浜の盆梅展〉と、琵琶湖の雪見船クルーズを組み合わせた企画だ。昔の同僚で私よりずっと若い高松のYさんを誘う。

しかし、そこは京都大好き人間のYさんのこと、前日に二条城を観たいと言う。私の本命は長浜の盆梅なので、前の日に疲れてしまうと困るけれど、タクシー利用など省エネに万全を期して、これに応じた。

当日は幸い晴天に恵まれる。JR京都駅で午後一時に彼女と待ち合わせ、早速二条城へ。私は体調もよく、京都は久しぶりだったから結構気が弾んでいた。

二月のウイークデイとは言え、さすがは京都だ。二条城は、そこそこの人出で賑わっている。まずは展示収蔵館へ……。

ここには、築城四百年記念展示の第四期として、二之丸御殿大広間の障壁画三十六面が飾られている。金地に松の巨木と勇壮な鷹を描いた〈松鷹図〉は徳川将軍家の権威の象徴とも見え、また穏やかな〈松孔雀図〉もあり、いずれも狩野派絵師たちの作とのことだ。

別に、彫金が施された襖の引き手を、拡大鏡で大きく見せている展示ケースがあり、三つ葉葵の紋所を中心に細かい模様が浮き出ていて、見事だった。

それから二之丸御殿を拝観する。

車寄せから始まり人の流れに乗って進み、大広間一の間の前に来てギクッとする。将軍が当時の服装で座っている。等身大のつもりらしいが、どうも少し小さく感じる。一段低い二の間に居並ぶ老中や大名たちの姿は壮観だったが、その一人一人はやはり小柄だ。

飽食の時代と言われる昨今の日本人の体格とは違い、江戸時代はこれぐらいが普通だったのだろうか。それとは対照的に、御殿の建物は、柱も梁も、襖も欄間も天井も、釘隠しの金具に至るまで、大きく立派であった。

それから、すがすがしく手入れの行き届いた二之丸庭園を歩く。引き続き本丸庭園へ。Yさんは天守閣跡へも登っていったが、私は階段を敬遠して下で待っていた。

そのとき私は手袋を片方なくしているのに気がついた。いくら捜してもない。焦げ茶色で指先から掌、また指先から手の甲にかけては裏革《バックスキン》だが、指の厚みに編まれた毛糸が襠《まち》のように使われていて、気に入っていた手袋だ。

大手門を入ったときには確かにあった。だから二条城の敷地内でなくしたことは確かだが、歩いてきた長い道のりと人込みの中でそれを見つけ出すことは到底無理だと、私はすぐに諦めてしまった。しかしYさんは、

「でも観るところはもう済んだのだし、最初に寄った収蔵館へ行って聞いてみましょう」

「もう、いいよ。無理だよ」

「収蔵館、すぐそこですよ。行きましょう」

やむなく私もついて行って尋ねてみた。

「いえ、ここにはありませんが、事務所で聞いてみてください」

これで私の諦めの気持ちは深まったのだが、「事務所はどこですか」とYさんは諦め

ない。

教えられた道を一緒に五十メートルほど歩いて、事務所で聞いてみる。その段階でも私は、やはり「ありません」の答えを予期していたのだが……。

女性事務員は、先刻御殿から手袋の落とし物があるとの電話があったと言い、私の片方の手袋を見てその特徴を先方に伝えると、やがて御殿の事務員が、なんとこの事務所までその手袋を届けに来てくれたのだ！

戻ってきた手袋そのものより、拾ってくれた人、電話連絡してくれた人、諦めなかったYさん、届けてくれた人、こうした人たちの優しさが、何より私にはうれしかった。

この手袋事件のお陰で、今回の二条城訪問は、翌日の琵琶湖クルーズや本命だった長浜盆梅展より貴重な思い出として、心に残った。

（二〇一五・三・二）

スヌーピーミュージアム東京

〈東京メトロ日比谷線六本木、三番出口から地上に出たら右折、右手にアマンドあり。そのすぐ横ではなく、次の信号のある交差点を右折……〉などと地図に添えられた大きな字のメモを見ながら、いまOさんと私は歩いている。

わくわくしてくる。目指すは今年四月にオープンしたスヌーピーミュージアム東京だ。

毎年八月には、自分の属する書道協会の全国展が東京都美術館で開かれるのを観に上京している。その折、東京在住の大学時代の友人Oさんが、数名に連絡してくれたり、行きたい所につき合ってくれたり、私としてはありがたい限りなのだ。

しかし評判のスヌーピーミュージアムは日時予約制で、到底無理と思っていたのを、

スヌーピーミュージアム東京で、右が著者。

Oさんは娘さんを介して前売り券を二枚買ったと言う。私はその時刻に合わせて新幹線の切符を買って、こうしてやってきたのだった。

六、七分も歩いたろうか。突如右手にそれは現れた。等身大（？）以上と思われる白黒の五匹のスヌーピー像が、建物の前に横一列に並び、いろいろなポーズで愛嬌を振りまいている。後ろの広い壁面には、ピーナッツの白黒の四こま漫画が横に二つ並んで……。

入館すると、日時予約制だけあってほどよい込み具合だ。客は子どもより、若い大人が多い。文字での説明は今後いくらでも読む機会はあるから、この貴重な時間にはできるだけ写真、絵、映像を中心に見るようにした。

広い壁一面に小さい白黒の四こま漫画を留め付けて、その色の濃淡で、チャーリーブラウンとスヌーピーの寛ぐ姿が浮き出るようにしている展示は圧巻だった。LIFEやTIME誌の表紙になった絵や、シュルツがそんな漫画を描いている動画も楽しい。

ところで私がスヌーピー狂になって、もう四十五年ほどになるが、今日もわが家の小さなスヌーピー・リボンちゃんをリュックに入れて連れてきている。この展示室は写真OKとのことだったので、「まあ、可愛い！」と笑う女性職員に、Oさんと私とリボンちゃんのスリーショットを写してもらった。

圧倒的に多い展示物は拡大されたピーナッツの漫画だ。家で購読しているアサヒウイークリー掲載のピーナッツを見るときもいつも思うのだが、登場人物やスヌーピーが話す吹き出しの言葉を、なぜ全部ブロック体の大文字ばかりで書くのだろう。普通の書き方のほうが、よほど読みやすいのに。

それはそれとして、言葉の意味は分かっても――日本語訳も各こまの下についている――面白味が分からないものが、幾つかあった。国民性の違いというものだろう。

スヌーピー狂の著名人のコーナーもあったが、私が好きなのは直接、原作者シュルツとピーナッツの漫画およびスヌーピーそのものであって、あとはどうでもいいのだ。ただ谷川俊太郎の和訳は本当にうまいといつも思う。
館内のカフェで夕食をとった。カフェの名はブランケット。それがピーナッツの登場人物ライナスのブランケットにちなんでいることは、すぐに分かる。ナプキンにもコースターにもコーヒーカップにもスヌーピーが描かれている。スナックのような食事だったが、分量はたっぷりで、やはり若者向きだ。
食べ始めてしばらくしてから、その皿までもスヌーピーの餌を入れる皿の形をしていることに気がついて、二人で笑ってしまった。

本当に楽しい数時間だった。こんな機会を作ってくれたOさんとその娘さんには、心から感謝している。そしてスヌーピーは実に愉快な犬だということを再認識した。しかしわが家のぬいぐるみのスヌーピーたちも、私の大切なセラピー犬なのである。

（二〇一六・九・一）

嫁ケ島の夕日

どんよりと空一面が曇っているわけではない。嫁ケ島の彼方の水平線から上方四十五度ぐらいまで雲の塊がずっとつながって陽光を遮っているが、上空は晴れているのだ。しかも雲の塊にはところどころ隙間も見える。

「僕の念力で晴れさせてみせる」

部長がそう言うので、私たち五人はマイクロバスの中で雑談しながら待っていた。宍道《しんじ》湖・夕日スポット駐車場である。

今年のレインボーハイツからの秋の旅行は島根方面だった。出雲大社・足立美術館・安来節演芸館・松江の堀川遊覧と小泉八雲記念館などが主な行程だ。二連泊するのは松江市内の宍道湖畔の宿である。

今日はその初日。大阪空港から出雲縁結び空港まで飛び、出雲大社に詣でてから、専用マイクロバスは一路、宍道湖の北岸沿いを東に向かう。運転手が、築地松とか、島根は人口の割に車が多いとか、美肌の人が多いとかいう話をしてくれる。

松江は四十年近く前、高松で高校教師をしていたころ、夏休みに英語クラブの女生徒十五名ほどと一緒に訪ねたことがある。〈小泉八雲《ラフカディオハーン》をしのぶ研修旅行〉だった。折にふれてその思い出もよみがえってくる。

今回の旅は時間的にかなり余裕があったので、松江市内に入ってからまず月照寺を訪ねることになる。ここは松平藩主の菩提寺で、鬱蒼《うっそう》とした広い境内には代々の藩主の廟がそれぞれの区画に独立してあり、昼間でも一人で回るのは怖いような雰囲気だ。

伝説の人食い大亀の石像は六代藩主の廟門《びょうもん》の中にあり、亀の背負う石碑（寿蔵碑）の天辺までは四メートル余もあろうか。ハーンの随筆にも出てくるので、昔生徒と来たときにも対面したが、改めて度肝を抜かれるような大きさだった。その前でみんなで写真を撮る。

それから松江城のアプローチの辺りを少し歩き、またバスに戻って、ここ宍道湖・夕日スポットにやってきたのだった。

そろそろ日没も近いのだが、部長の念力にもかかわらず雲は動こうともしない。嫁ケ島では今日何か行事があったようで、青いテントが張ってあるのが見え、風情がない。

私はまたあの生徒たちとの旅を思い出していた。嫁ケ島にまつわる、ほろ苦い思い出だ。

ハーンをしのぶ研修旅行だから、という理由で、私はあの旅の行程にはハーンに関係のある所ばかりを詰め込んでいた。ハーン記念館・旧居、月照寺、大雄寺《だいおうじ》、八雲立つ風土記の丘などである。場合によっては宿で一緒にハーンの『怪談』を読んでもいいと思っていた。宿は今回の宿の近くだったと思う。

行程表はもちろん学校に提出してあるが、夕方の一定時刻にはその日の実際の行程や出来事を電話で学校に報告しなければならない。ところがある日の夕方、生徒が宿から消え失せたのだ。高松で報告を待っている教頭に、そのことを正直に伝えるべきかどうか、ずいぶん迷ったが、結局それは言えなかった。

祈る気持ちで待つ私のもとに、やがて彼女たちは帰ってきた。嫁ケ島の夕日を見に行っていたと言う。

「先生に言ったら許してくれないと思って」

「きれいだった？」

「はい」

私はホッとして叱るどころではなかった。

「今日はもう駄目ですね。晴れていればこんな具合です」

運転手はそう言って自分のスマホをつつき、夕日を背景にした嫁ケ島の写真を見せてくれた。ほんとに美しい。

バスは宿を目指して動きだす。宿の案内書の表紙も夕映えの湖面に浮かぶ嫁ケ島だった。


（二〇一六・一一・三〇）

三井寺の夜桜

「これからは、自分より若いしっかりした人とつき合っておくといいわよ」

これは、この二月に九十二歳で亡くなったSさんの助言だった。もとよりそれは、私も考えていたことだ。そこで今回の花見の旅は、入居者のそんな新メンバー二人を誘っての四人連れとなる。

なじみの琵琶湖畔のホテルでは、四人一緒に泊まれる畳の部屋だ。レストランの夕食では日本酒で乾杯、料理も美味しく、新人二人は特に上機嫌で、それが何よりうれしかった。

今回の旅は翌四月十日の京都・平野神社の桜花祭を観に行くのがメインだが、今夜は今夜で、このホテルから三井寺の桜のライトアップを観賞する無料バスが出る。

私たちはぎりぎりセーフで午後七時半発のそのバスに乗り込んだのだった。さすがに季節とあって、その中型バスはほぼ満席で、農協の慰安旅行のような団体もいて、にぎやかだ。ホテルの職員が一人ついている。この時点で私は、もちろん、あのほろ苦いハプニングを、夢想だにしていなかった。

どこをどう走ったか、交通事情でそれ以上は三井寺に近づけないという路上で、バスが止まる。職員が、三井寺への道を教えてくれ、八時四十五分にまたここに迎えにくると言い、もし場所が分からなくなったら電話するようにと、自分の携帯電話番号を紙に書いて、グループごとに渡してくれた。

三井寺の仁王門まで、七、八十メートルもあったろうか。天気もよく、大変な人出で、四人ははぐれないように注意する。

境内の受付で六百円の入場料を払うのにも行列だったが、その列はどんどん進んでゆく。「すごい儲けやなあ」という声も聞こえる。

三井寺は初めてではないが、満開の夜桜は初めてだった。入場料だけの価値はあると思った。足もとに注意しつつ、妖気さえ漂う満開の桜を見上げながら歩いていると、

「あ、月が出てる！」

と、Mさんがつぶやく。

上空に、満月に近い月が望まれ、気分はますます華やいでくる。

私と同い歳の杖をついているEさんは、階段は下りが危ないから上らずに下で待つと言う。三人は上がって一時《いっとき》さらに桜を楽しんだ。国宝という金堂も、〈三井の晩鐘〉で知られる鐘楼も、今夜ばかりは桜にお株を奪われた感じで、むしろひっそりしている。人は多いが境内が広いから、ちょうど良い感じだ。

ふたたびEさんと合流し、同じコースを戻って仁王門を出る。足が遅いから早めに出発しないと……。


夜は魔物だ。行っても行ってもバスが見つからない。道を間違えたか？　方角は？　最年少のMさん――と言っても七十代半ば――が電話する。現在地をはっきり言えず、埒《らち》が明かない。もう少し行くと大津市役所があったので、Mさんが再び電話する。

「四人揃ってますか」「そこを動かずに待っていてください」と返事があったそうだ。

やがてみんなの乗ったバスが来た。四人の婆さんは、「ご迷惑かけてすみません」と言いながら、小さくなって乗車した。

乗客から嫌味の一つも言われることを覚悟していたが、それはなく、

「ようここまで歩いて来たなあ」

という声が聞こえただけで、ホッとした。

自分では大丈夫と思っていても、みんな年齢相応の婆さんなのだ。今回はMさんのおかげでこの程度ですんだけれど、これからはよほど注意しないと、と肝に銘じた事件だった。

それでも四人は、また旅行に行きましょうね、と約束した。天上でSさんが、にこにこ笑っているような気がした。

（二〇一七・五・一）

〈都をどり〉を観る

この春のレインボーハイツからの日帰りバス旅行は〈春爛漫《らんまん》京都の都をどり〉で、昼食は〈神泉苑平八〉と発表された。しかも昨年末に開通した川西ＩＣから高槻までの新名神高速道路を行くとあって、早速申し込む。

実は私は、この歳になるまで都をどりというものを観たことがない。玄関前から借り切りの観光バスで、新名神を通って、初めての都をどりを観に連れて行ってもらう。それは、今の私には願ってもない楽しみなのだ。

四月十八日、入居者と職員、計十七名が藤色の観光バスに乗り込む。座席に余裕があるから二人分を取ってくつろげる。曇のち晴、かなり暖かいという予報も幸先が良い。川西ＩＣから新名神高速に乗る。もちろん新しい高速は気持ちが良いのだが、ガイドの言うとおり本当にトンネルが多い。しかしこの季節、その合間合間に見える近景、遠景の何とうららかなこと！　桜こそ終わっているが、青葉若葉が交々《こもごも》輝き、時に懸り藤も見える。

最初から私は三つの楽しみ——高速からの景色、平八の京料理、都をどり——を期待していたのだが、もうこれでその一つはかなえられたと思った。あとの二つがたとえ期待外れでも、我慢しようと思うほどに。

京都南ＩＣで高速を下りる。それから西大路を上がって行くのだが、銀杏の街路樹の芽吹きが美しく、躑躅《つつじ》も咲きかけていて心が和む。京都は看板の色にも制限があるのだそうで、どぎつい色が見当たらず町並みが上品だ。

某京つけもの本社を見学後、本日二つ目の楽しみ・神泉苑平八の昼食である。お庭を拝見してから、絵屏風などのある畳の部屋の椅子席に着く。五人の男性はやはり私は決してグルメではないから、美しい京料理は、もうそれだけでうれしいのだが、この日は飲み物のことでちょっと良いことがあった。

先日テレビで芋焼酎が血液をさらさらにするのに効果ありと聞いて以来、私は芋焼酎のお湯割りにはまっている。そこでそれを注文し、隣に座ったお酒好きのＹさんにも一口飲んでもらうと、おいしいと言う。焼酎は初めてなのだそうだ。「体にもいいし、おいしければこの上なしでしょ」と言うと、うなずいて、「今日の収穫だわ」と喜んでくれた。

いよいよバスは、左京区北白川の京都芸術劇場春秋座に向かう。祇園甲部歌舞会の芸舞妓さんたちによる二時二十分からの都をどりの公演を観るのだ。当たった席は二階中央最前列のいいところだった。

見下ろすと一階の客席はほぼ満席だ。右手の桟敷には黒紋付きの地方《じかた》連中、同じく左手の桟敷には晴れやかな着物のお囃子連中がずらりと座っている。そしてその人たちによるにぎやかな演奏のなか、花道から次々とお囃子連中と同じ着物の芸舞妓がしなやかに踊りながら現れ、舞台へと進んで行く。

本日の演目は『続《つづきての》洛北名跡巡《らくほくめいせきめぐり》』といって、京都の四季の移ろいを舞台上で表現するもので、第一景から第六景まである。

それを紹介する簡単なパンフレットはあらかじめもらってはいたのだが、実は私は初めての会場の雰囲気に気を取られ踊りに魅せられてそれを読んでいなかった。後から読んで、あれはこういうことだったのかと思う節もあったけれども、美しい舞台装置と、一切言葉を使わない、音楽と集団の踊りが中心の芸術だったので、それでも楽しめたのだと思う。

最近シンクロナイズド・スイミングが、アーティスティック・スイミングと改名された。そして都をどりは日本のシンクロナイズド・ダンシングだと思う。アーティスティックと言っても良い。京舞井上流の伝統という。

こうして最初期待していた私の三つの楽しみは、三つながらにかなえられ、幸せな一日だったとしみじみ思っている。

（二〇一八・五・一）

座禅草を見る

〈夏が来れば思い出す〉というのは尾瀬の水芭蕉だが、ここには行ったことがない。長野県北部の鬼無里《きなさ》の水芭蕉を見たからそれでいいと思っている。それより水芭蕉の紫バージョンとも言うべき、同じサトイモ科の座禅草を、それも写真でなく実物を見たいものと、かねて思っていた。

昨年十二月に大津市下阪本のなじみのホテルからの半日旅行で、願ってもない案内を見つけ、レインボーハイツの友だちを誘って早速申し込んだ。〈湖国の春の訪れを告げる座禅草の群生地を巡る〉というものだ。行き先は滋賀県高島市今津町弘川というところ。

前日の二月十九日は午後早めにチェックインしてゆっくりし、ワインで乾杯などしてちょっと豪華版の夕食を楽しんだ。

当日の二十日はあまり寒くなく、曇天ながら雨降りではなかった。まずは胸をなで下ろす。昼にはまたホテルに帰ってくるので、荷物はフロントに預けて、ホテルのミニバスで九時半に出発だ。客はなんと私たち二人だけだった。

琵琶湖の西岸を北上する。中年の運転手はほどよくしゃべってくれるし、気兼ねの要らない三人旅で、うきうきしてくる。

と、そのとき、ハッとした。カメラを荷物と一緒にフロントに預けてきてしまったのだ。今回のこの旅は、私自身が座禅草を見ることと、その珍しい写真をレインボーの情報誌『山なみ』の扉に載せたいと考えていたので、これにはがっかりしてしまった。

カメラを忘れていることは、その後フロントから運転手に電話があったが、かなりの距離を来ていたので、そのまま行ってもらった。しかし、それにしても、残念！

一時間弱で到着だ。道路脇に矢印のついた〈座禅草群生地〉の標識が幾つかあって、すぐ近くにかなりの広さの駐車場もあったが、その日の客は私たちだけだった。

三人は傘を杖代わりについて滑らぬように矢印に従って進む。竹やぶだ。

「今年はちょっとまだ早いんですがね」

そう言う運転手の視線の先のやぶを切り開いたところには、ひょこひょこと一面に赤紫色の竹の子が……。

いや、そうではない。竹の子ではない。それが全部、座禅草なのであった。私はまず、その数の多さに驚いた。少し伸びてこちらを向いているのは、確かに赤紫色の楕円形の洞窟の中で坊さんが白衣を着て座禅を組んでいるように見える。あちらでも、こちらでも……。群生はそれで終わりかと思ったら、さらに斜面や階段を数段上り下りし、木橋を渡った先にもかなりの群生があり、見応えがあった。そこはもう竹やぶではなく別の木の林だったが、共通しているのは湿地帯であることだ。饗庭野《あいばの》の伏流水が創り出した自然の傑作と紹介されている。

今日は本当にいいものを見たと思った。

同じ道を大津のホテルに戻りながらも、可愛らしい洞窟の中で座禅を組んで春を待つ、白い小坊主たちの姿がちらつくのだった。

カメラを忘れたのは残念だったが、座禅草の群生は全体として見ると、色が色だけにとても地味で、写真栄えはしない。それで『山なみ』の扉には向かないと分かった。だから写すなら一つ、二つの花の接写だが、それも扉用には向かないから、結局忘れても同じであった。

その代わり、この旅を紹介しているパンフレットにあった座禅草二輪の写真を、水彩絵の具で絵手紙に描いた。次の絵手紙教室のとき、みんなに見てもらおうと思っている。

（二〇一九・三・一）

桜だより

今回の旅は、十パーセントの割引の付く一月中に、抜け目なく申し込んでいた。京都のなじみのホテルからの〈岡崎桜回廊十石舟巡り〉という四月三日の半日ツアーだ。

一月から桜の満開の時季を予測するのは至難の業である。しかし三月に入って桜だよりが聞かれるようになると、その辺りの開花は二十七日とあり、満開までは約一週間だからこれはうまく行くぞと私は上機嫌であった。

私の頭のなかには、二十年ほど前にツアーで訪ねた弘前城の、正に満開の桜の光景がちらついていた。

ところが三月末から西高東低の冬型気圧配置となり、まるで二月の寒さだ。

それでも楽しみにしていた旅だから、四月二日、がっちり寒さ対策をしてレインボーハイツの友だちと二人連れで出かける。晩のホテルのテレビでは金沢で雪の降っている光景まで伝えていた。ホテルの窓から鴨川を隔てて見える桜並木は三、四分咲きといったところか。

うれしいことに、三日は素晴らしい晴天で朝を迎えた。心なしか対岸の桜も昨日より少し開いたかに見える。しかし朝食をすませ、十時十五分のバスの出発までに、何度も曇ったり晴れたりを繰り返す、異常気象である。

ホテルのバスは九名のグループだ。南禅寺船溜りまでは十五分で到着。やはり寒い。しかしそこはよくしたもので、乗船前には客の全員に大きなダウンのヤッケを貸し出してくれた。

十石舟は十五名ほど乗れる屋形船で、女性ガイドの説明を聞きながら、岡崎公園の辺りの琵琶湖疏水を巡るのである。途中、八つの橋を潜るが、その幾つかでは舟の屋根を下げる。水は結構きれいだ。

ガイドが両岸の建物や桜の説明をしてくれるが、あまり身動きがとれず、桜も五分咲き程度で、写真も良いのが撮れない。ただ、青空をバックに疏水から見上げる、平安神宮の朱の大鳥居は見事だった。

そして夷川ダムという所で折り返し、同じコースを帰るのだが、結局二十五分のクルーズで、私としてはちょっと期待外れだった。

それでも連れの友だちが機嫌よく喜んでくれたのが救いであった。

正午にホテルのバスが迎えに来るまでの自由時間に、私たち二人は琵琶湖疏水記念館を訪ねた。それから疏水沿いにバスの乗降場所までゆっくり歩く。疏水を隔てた向かい側は京都市動物園だ。ここは先ほどのクルーズのガイドの話では、日本で上野動物園に次いで古い動物園とのこと。春休みとあって親子連れでにぎわっている様子だ。

「あ、キリンが見える。一、二、三匹!」

連れの言葉に目を凝らすと、網目キリンが三頭、のっしのっしと歩いたり、首をくねらしたりしている。早速カメラを望遠にして数枚写す。後でさらにトリミングするつもりだ。

「この辺りもずいぶん変わりましたなあ」

独り歩きの感じのいい初老のおじさんが、いきなり声をかけてきた。

「あら、そうなんですか」と適当に応じる。

「わたしが子どもの頃は、近くにプールなんてありませんから、この辺りの疏水で泳いでたもんです」

「そうですか。水は結構きれいですね」

気がつくと、おじさんはもう居なくなっている。この近所に住んでいると言っていた。迎えのバスでホテルに帰り、昼食後ちょっと買い物をして、午後四時前にはもう帰宅した。

しかし今回の旅は、あまり満足のいく旅でなかったこともあって、異常に疲れを感じた。

桜のピークを予想するのは本当に難しい。次はもっと確実に楽しめる旅を選びたいと思った。

（二〇一九・四・五）

あとがき

令和元年という節目の年に、この六冊目の随筆集を上梓できる運びとなり、うれしく思っております。ここに収録した小編は、NHK文化センター神戸の『エッセーを書こう』(講師・野元正先生)という教室に提出した二〇一五年一月以降の作品ばかりです。

今回も小編の題のなかの一つを本のタイトルにしようと考えたあげく、令和にちなんで『美しい調和』ということになりました。

令和となった五月には、レインボーハイツの私たち熟女合唱団のために、元気なコーラスの先生は、『今ありて』(阿久悠作詞、谷村新司作曲)の楽譜を用意してくれました。その歌詞が今の時代にとても合っているから、との理由です。

甲子園での全国高校野球大会の開会式で歌われる爽やかなこの歌は、ご存知の方も多いことでしょう。

新しい時の初めに　新しい人が集いて
頬染める胸の高ぶり　声高な夢の語らい
（中略）
今ありて　未来も扉を開く
今ありて　時代も連なり始める

私たちは喜んでこの歌を歌っています。

そして私は、随筆もできる限り続けてゆこうと、気持ちを新たにしています。

序文を賜りました野元正先生、快く装画を引き受けてくださった岡芙三子様には、心から感謝いたします。編集工房ノアの涸沢純平様にはいつに変わらぬあかぬけた編集を、ありがとうございました。

二〇一九年六月

楢崎秀子

楢崎秀子〈ならさき・ひでこ〉
一九三〇（昭和五）年、大分県生まれ。お茶の水女子大学文教育学部英文科卒業。旺文社で七年勤務の後、香川県で高校教師二十五年、予備校講師三年。平成元年より現住所の有料老人ホームに住む。趣味は書、エッセイ、コーラス、絵手紙、俳句など。日本書道協会正会員。／著書『六十路からの幸せ』『おまけの青空』『雲の上の寺』『八十路の初詣』（共に編集工房ノア）『花曼陀羅行』（文芸社）
〒六六六―〇二六二　兵庫県川辺郡猪名川町伏見台一ノ一ノ二四レインボーハイツA八〇五

美《うつく》しい調和《ちょうわ》
二〇一九年九月一日発行
著　者　楢崎秀子
発行者　涸沢純平
発行所　株式会社編集工房ノア
〒五三一―〇〇七一
大阪市北区中津三―一七―五
電話〇六（六三七三）三六四一
FAX〇六（六三七三）三六四二
振替〇〇九四〇―七―三〇六四五七
組版　株式会社四国写研
印刷製本　亜細亜印刷株式会社
© 2019 Hideko Narasaki
ISBN978-4-89271-313-2
不良本はお取り替えいたします

表示は本体価格

六十路からの幸せ　楢崎　秀子
真摯で、しかも抑制のきいた身の処し方に感動した。誠実な英語教師、慎ましい一市民として、歩みつづけてきた女性の自分史(伊勢田史郎氏)。一八〇〇円

おまけの青空　楢崎　秀子
移ろいゆく時、吹き止まぬ風のなかを、専念に心をこめて歩いていく人の姿。未来へ積極的に己を展こうとする志。生き生きと躍動する姿。一八〇〇円

雲の上の寺　楢崎　秀子
日常の〝ささやかな〟出来事のなかに〝幸せ〟を感じとり、未来を切り開いて行こうとする志、不老の道を示唆してくれる（伊勢田史郎氏）。一八〇〇円

八十路の初詣　楢崎　秀子
終の住処と選んだ有料老人ホームで、書やコーラス、情報誌編集、エッセイ、俳句、旅と、人生を楽しむ。情熱と英知の随筆集（野元正氏）。一八〇〇円

私が愛した人生　編著伊勢田史郎
普通の市民二十人の〈戦後五十年〉――戦災から震災へ、元教員、元マスコミ幹部、元広告会社、元ゼネコン技師、元消防局長、元銀行員他。一七四八円

十五夜の指　編著伊勢田史郎
普通の市民二十三人の『私が愛した人生』続編――半世紀を超える長く豊かな生活体験が息づき、深い滋味となって行間から滲み出ている。一八〇〇円

門前の小僧
編著伊勢田史郎
普通の市民十八人の『私が愛した人生』第三集――喜びも悲しみも幾歳月。真摯に生きてきた普通の人の体験。私的ゆえに清新な証言。一八〇〇円

美男と美女の置き土産
編著伊勢田史郎
普通の市民二十二人の第四集―多様な体験を生きてきた仲間たちの、ぎこちなく、ときに不様だが、真摯で、愛してやまない時の集積。一八〇〇円

男の意地　女の意地
編著伊勢田史郎
普通の市民二十一人の『私が愛した人生』第五集―普通の市民それぞれの悲愁と歓喜の人生体験が、深くて豊かな智慧を滲出させている。一八〇〇円

神戸の詩人たち
伊勢田史郎
神の戸口のことばの使徒。詩人の街神戸のわが詩人たち。詩は生命そのものである、と証言した、先達、仲間たちの詩と精神の水脈。二〇〇〇円

また散りゆく
伊勢田史郎
岩本栄之助と中央公会堂　公共のために尽くしたい熱誠で私財百万円寄贈した北浜の風雲児のピストル自殺にいたる生涯と著者遺稿エッセイ。二〇〇〇円

日本人の原郷・熊野を歩く
伊勢田史郎
第33回井植文化賞受賞　この街道の、この山河の何と魅力的であったことか。熊野詣九十九王子、熊野古道の伝承、歴史、自然と夢を旅する。一九〇〇円

空のかけら　野元　正

ビルの谷間の古い町の失われゆく「空」への愛惜。年神さんの時間の不思議。光る椎の灯火茸の聖女。野性動物との共生。鎧を造る男の悲哀。二〇〇〇円

飴色の窓　野元　正

第3回神戸エルマール文学賞　中年男人生の惑い。アメリカ国境青年の旅。未婚の母と娘。震災で娘を亡くした女性の葛藤。さまざまな彷徨。二〇〇〇円

象の消えた動物園　鶴見　俊輔

私の目標は、平和をめざして、もうろくするということです。もっとひろく、しなやかに、多元に開く。2005〜2011最新時代批評集成。二五〇〇円

八十二歳のガールフレンド　山田　稔

思い出すとは、呼びもどすこと。すぎ去った人々が、想像のたそがれのなかに、ひっそりと生きはじめる。渚の波のように心をひたす散文集。一九〇〇円

天野忠随筆選　山田　稔選

〈ノアコレクション・8〉「なんでもないこと」にひそむ人生の滋味を平明な言葉で表現し、読む者に感銘をあたえる、文の芸。六〇編。二二〇〇円

余生返上　大谷　晃一

「私の悲嘆と立ち直りを容赦なく描いて見よう」。徹底した取材追求で、独自の評伝文学を築いた著者が、妻の死、自らの90歳に取材する。二〇〇〇円